AF132087

Edition : BoD - Books on Demand

12/14 rond-point des Champs-Élysées, 75008 Paris .

Impression : BoD - Books on Demand GmbH 42, 22848 Norderstedt, Allemagne

ISBM : 9782322204229

Dépôt légal : Marc 2020

Marc LaMouche

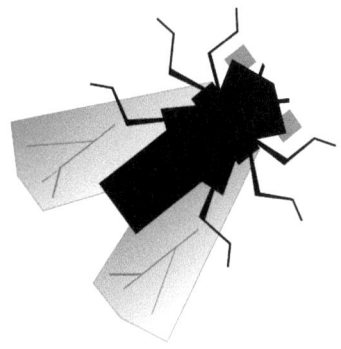

marc.lamouche@yahoo.fr

Remerciements et crédits :

Évelyne HAMLAT, correctrice orthographique grammaticale

et syntaxique.

Viviane Schvartz-Huten, correctrice.

Illustratrice & Directrice Artistique

hello@amandinecomte.com
www.amandinecomte.com

1.

Nous approchons de Port Of Spein. Le spectacle encore fumant aux appartements terrasses de notre Hôtel me glace le sang. Notre X3 va se poser sur la plage privée de l'hôtel. Un comité d'accueil bien connu nous attend, Katinka, Sophia et moi. Au loin, un nouvel attroupement se forme sur la plage juste à côté de notre point d'atterrissage. Et plus on se rapproche du sable, plus nous distinguons ce qui attire la police locale et les badauds. Un corps git sur une petite embarcation de fortune. J'allume mon quantique et colle mon patch audio. Je demande à Sophia d'en faire autant.

— Héléna, s'il te plait.

— Oui Mélissende.

— Peux-tu enregistrer toutes les caméras avoisinantes, te brancher sur le X3 et utiliser les images et conversations autour de l'engin. Ne manque pas d'aller scanner au large, la mer des Caraïbes y compris.

— Je ne manquerai pas non plus de capter tous les flux numériques émis depuis une heure.

— Parfait Héléna.

Les agents du BEI, Rod et Phil, la substitute Figuéré et mon amie Maritie me semblent très tendus et inquiets. Doriane Figuéré est la première à me saluer et elle me présente aux autorités locales et à l'équipe d'enquête sur place. Le procureur de Trinidad et Tobaco avec son chapelet d'enquêteurs et d'experts divers nous dirigent vers l'évènement le plus récent.

— Bonjour Madame D'Avicenne, je suis le Procureur Gutiérrez-Berdugo. Un homme sur la plage est couché sur une barque où un radeau vient d'apparaitre.

Je franchis le cordon de sécurité en me rapprochant du cadavre, les traits du visage me font penser à cet homme discret qui accompagnait le Mage de Prague.

— Procureur, Sophia et Doriane venez, je connais cet homme. Sophia toi aussi tu l'as déjà vu.

— C'est qui Madame D'Avicenne ?

— Procureur Gutiérrez-Berdugo, nous avons rencontré cet homme à Prague. Nous allons examiner cette scène. Donnons-nous rendez-vous dans vos bureaux d'ici trois heures. Le temps de faire le point sur cet évènement récent et sur celui de l'hôtel.

— Bon, Madame je vous reçois dans mon bureau. Ne me faites pas attendre et ne me décevez pas. J'ai toutes les autorités des Caraïbes et celles des États-Unis voisins sur le dos. J'ai accepté votre participation grâce à la vice-Procureur Figuéré qui est une amie de promotion. Pour faciliter vos déplacements, voici le Capitaine José-Pérez Del Mar. Il sera votre passepartout pour vos mouvements dans la capitale.

— Je n'ai aucunement besoin de votre pression, et encore moins de vos menaces ! Je peux simplement repartir sur le champ et vous laisser avec vos cadavres. Alors, soit vous nous faites confiance, soit nous allons prendre le soleil là où personne ne nous le cachera.

— Je t'avais prévenu Carlos, elle est spéciale.

— Ce n'est pas le problème, pourvu qu'elle soit efficace.

Mon regard est attiré par une mise en scène très spéciale. L'homme est maintenu par des algues sur un grand morceau de bois que je devine en forme du chiffre 1.

— Les filles, vous avez une idée.

— Le bois, cette embarcation, ce radeau, c'est bien le chiffre 1. Cela voudrait dire que c'est UN ? Ce serait trop simple.

— Je pense justement Sophia, que c'est bien UN.

— Mélissende regarde comment est positionnée sa tête. Elle est maintenue sur le côté, sur la joue droite regardant le petit nez du chiffre. Une algue brune a perforé la partie molle de son visage pour qu'il reste dans cette position.

— J'avais remarqué la position. Venez voir, il tient dans ses mains un coquillage. C'est un Engina de la famille des Buccinidae, un gros bulot quoi. Je lui retire le coquillage des mains.

Je saisis l'enveloppe du mollusque, je commence à le scruter dans tous les sens, lentement, quand, par le trou, sort un macrodrone. C'est un drone Pagure. Ce bernard-l'ermite est parfaitement confectionné. Il tente de sortir complètement de son habitacle. Je repose rapidement la coquille avec son hôte sur UN. Quand le drone est totalement extirpé de la carapace, il se pose sur ce reste du corps couché de l'homme sans vie, précisément sur le plexus. Les pattes du mollusque électronique reposent sur les mains inertes de la dépouille. Les petits yeux ronds noir profond semblent me fixer, puis par un orifice minuscule un petit hologramme s'affiche et une voix se fait entendre. Un visage trouble se distingue mimant ce discours.

— Bonjour Mélissende. Je suis Circé. Oh le beau cadavre que voilà. C'est UN. Il ne vous causera plus de misères. Votre cauchemar maintenant, c'est moi et vous serez mon jouet.

Le petit message se répète encore plusieurs fois quand le mollusque électronique se consume en laissant échapper une fumée grise nauséabonde.

— Héléna, as-tu enregistré l'hologramme ?

— Oui et il est déjà en cours d'analyses.

Je rassemble ma troupe, Maritie, Sophia, Katinka, Rod et Phil.

— Nous savons ce que nous devions comprendre. Allons juste voir ce que peut nous apprendre l'explosion de l'hôtel.

Pendant que nous sortons de la scène de UN, accompagnés de notre saufconduit, Héléna nous renseigne sur l'identité de UN, qu'elle a enfin découvert.

Dans les décombres de l'étage de l'hôtel, rien que de la désolation. Une énorme et profonde tristesse s'empare de moi. Je suis en colère de n'avoir pas pu, ou pas su prévoir et anticiper ce désastre. Encore 83 morts au palmarès de UN.

Devant l'entrée du parquet de Trinidad et Tobago, notre laissez-passer montre son accréditation aux plantons du poste de garde. Le bâtiment date du début des années 2000. D'une forme elliptique tout de verre et d'acier, l'excentricité de sa structure sur 4 étages la rend futuriste. Le toit est lui aussi tout en courbe et en rondeur. Les baies vitrées, les murs de verres sont désaxés, il n'y a rien de symétrique ou d'identique. Après le passage du poste de garde, un voile translucide nous détaille les fonctions de chaque niveau. Le rez-de-chaussée est réservé aux salles d'audience, le deuxième est lui destiné aux consultations avec des avocats ou conseillers en chair et en os. Mais bien des salles sont appareillées en ordinateurs puissants reliés au serveur central qui recèle des milliards de data sur le droit local et les procès depuis que Trinidad et Tobago a une existence légale. D'autres pièces de l'étage sont dédiées aux conseils virtuels et holographiques qui complètent les salles du deuxième. Le troisième est lui, le lieu privilégié des différents greffes, des instances étrangères et d'autres pièces plus spécialisées équipées pour du parloir. Enfin au dernier étage, des salles de réunion, les différents magistrats et les procureurs. Enfin, nous entrons dans l'antre du monument. Au milieu se tient une salle vide ovoïde comme une cheminée, un puits s'ouvrant sur l'extérieur inondé de lumière. Ce vide baigné par le soleil est leur salle des pas perdus. Nous ne le saurons point.

Le capitaine nous demande de le suivre. En plein centre de l'édifice, un grand cercle orangé est en surbrillance comme pour nous indiquer un endroit. Sur la périphérie du rond, une plaque translucide rectangulaire inclinée est posée sur un pied fin en métal brossé. Le panneau clignote doucement et trois petites lumières de couleurs différentes sont alignées, en effet, le capitaine nous invite à nous mettre à l'intérieur. Il pose sa main droite sur cette tablette, une lumière scanner balaie la paume ainsi posée, puis il touche la dernière lumière de la commande. Le cercle se teint en vert et aussitôt un cylindre sort du sol et nous entoure. Sous nos pieds, la lumière verte passe au bleu et nous montons jusqu'au dernier étage. Face aux commandes, une passerelle sort de la coursive de l'étage pour se coller au cylindre qui laisse un passage devant l'accès créé depuis l'étage.

Cette cour de justice de Trinidad et Tobago nous réserve bien de belles surprises. Deux sentinelles discrètes et robotisées déambulent dans le couloir de l'étage des magistrats. À notre arrivée, ils ne sont pas surpris ni inquiets de voir autant de monde marcher vers le bureau du procureur. À ce niveau, l'édifice regorge de statues et de bustes d'anciens magistrats ou de dignitaires qui se sont illustrés pour la justice ou qui ont siégé en qualité de procureurs généraux de la cour de justice de l'état.

Carlos Gutiérrez-Berdugo se tient debout et fier derrière son bureau magistral. Un instant, je me suis demandé si c'est lui qui était magistral, son bureau ou les deux. J'opte pour lui, car Monsieur est doté d'une forte personnalité. Je me prépare à entendre un bon nombre d'arguments piquants.

J'ai déjeuné avec Doriane, elle m'a fait un panégyrique de vous, Madame d'Avicenne. J'espère que votre substitute ne se sera pas époumonée pour rien et que vous avez des éléments à me fournir.

— Je peux en placer une. Nous n'en avons pas fini ici, j'attends l'autopsie de René Proserpin, Monsieur le Procureur.

— Mais je ne vous permets pas de me parler ainsi.

— Le fait que je vous parle autrement va-t-il changer les faits ? Non ?

La mine étonnée du magistrat faisait office d'approbation.

— Bon, qu'est-ce qui vous étonne ?

— René Proserpin, c'est qui ?

— C'est votre cadavre de la plage. C'est un criminel qui a, ou avait, fait exploser le bus scolaire à Paris, 155 morts. Le massacre du marché de Noël à Prague, 172 morts. L'explosion du dernier étage du Child Regency, ici à Port of Spein 102 morts annoncés hier matin. Et je rajoute mes trois amis Masaya, Jakub et Rafiki qui ont perdu la vie lors de la destruction du prototype de l'hélico, avec le pilote, et 4 victimes de plus.

— Sachez Madame, que votre information est incomplète. Cela part mal entre nous. Je vous croyais plus précise, méticuleuse, et rigoureuse que cela.

— Mais vous me prenez pour qui ? 108 morts hier. Aujourd'hui, nous en sommes à 142 victimes, 20 dans un état critique, 58 blessés et encore 9 personnes dans les décombres en cours d'extirpation. Je rajoute, que je n'ai intentionnellement pas compté le pilote en second qui faisait partie du clan de Un. Lui, pour moi, est une quantité négligeable, même moins que ça. La facture totale se monte actuellement à 472 victimes. Je ne compte pas les blessés et ceux en sursis.

C'est bien de mordre Monsieur quand on en a les moyens. Or depuis l'explosion de la Wrightson Road vos services de police n'ont rien. Nous 6, Katinka, Maritie, Sophia et les agents du BEI, nous savons que l'étage a été soufflé par la destruction des poteaux de soutènement par des pains de plastic placés et complétés par des petites bonbonnes de gaz dans les faux plafonds de l'étage inférieur. Cela a été fait rapidement. En plus, il a utilisé un explosif assez ancien, probablement un vieux stock à écouler. Le déclenchement a été fait par un Smartphone, la liaison entre les poteaux et les pains de plastic suivait simplement les chemins de câbles desservant les chambres : logique, facile et rapide ! Héléna, mon assistante virtuelle, nous a montré qu'un homme du service de maintenance inconnu s'était introduit dans le bâtiment, précisément à cet étage. On le voit parfaitement trifouiller dans les faux plafonds sur les vidéos de l'hôtel. Un membre du service de sécurité du Child Regency est venu l'interrompre, il a payé de sa personne. Il est mort pour avoir fait son travail. Monsieur Fernando Soares Da Silva est bien sûr inclus dans la liste des 142 victimes de votre hôtel.

Mais tout cela nous le savons, car, il, Un, ignorait la date de notre arrivée et le lieu précis. Les informations qu'ils disposaient étaient trop floues. Ainsi il a pris le risque de mettre les charges en suivant des bribes de données. Mais, même si ces cibles n'étaient pas dans l'hôtel, il avait assez de victimes pour satisfaire sa soif de meurtre, de morts, de destruction. Son dernier épisode sur le navire russe, l'Alexandre Soljenitsyne s'est fait aussi dans la précipitation, pour cela il a dû sacrifier un membre de son équipe Nicolaï Anochkine.

Je disais quand on veut mordre, il faut avoir des dents. Capitaine, pouvons-nous aller à votre institut de médecine légale ? Nous sommes un tantinet pressés.

Je laisse le magistrat avec son étonnement et sa bouche grande ouverte. Je pense qu'à Pâques, il l'aura fermée !

— Mélissende t'as peur de rien, tu n'es pas gonflée de lui parler ainsi.

— Ce n'est rien Katinka. Je trouve qu'elle a été douce. Il fallait l'entendre parler au commissaire, à Prague.

— Merci Sophia.

Les locaux du médecin légiste se trouvent dans un ancien bâtiment de la poste locale. D'une architecture espagnole classique de la fin du XVIIIe siècle, monté sur des moellons taillés dans la roche des carrières du centre de l'ile. L'entrée a emprisonné l'atmosphère froide que requièrent les lieux. Le sol en tomettes de béton ciré rend encore plus pesant le sentiment de lourdeur et de froideur. Un homme bedonnant vêtu d'une blouse bleue aux nuances mer du sud vient vers nous, sa main droite tendue à l'horizontale et l'autre dans sa poche gauche.

— Bonjour, je suis le docteur Goutierrez. Venez, suivez-moi, j'ai une surprise pour vous.

Au centre de la salle d'autopsie, sur le marbre se tient notre homme drapé d'un linge blanc sauf sur son visage.

Le légiste décrit son examen qu'il vient de finir.

— Voici un homme de plus de 40 ans, mais moins de 50 ans. Pas du tout sportif, un peu porté sur les boissons alcoolisées et la bonne chère.

— C'est tout ? Je lui demande d'un ton sec.

— Non Madame. Il est mort dans la journée, entre 10 et 14 heures.

— Ça, c'est inintéressant. C'est dans la fourchette horaire où nous sommes arrivés sur la capitale. Désolée, continuez.

— Mais j'ai bien plus passionnant pour vous.

— Allez, doc. Dis ma Sophia qui pourtant n'est pas friande de cadavres.

— Monsieur a été émasculé.

— Nonnnn ! Faites voir monsieur Goutierrez.

— Tu es bien curieuse Katinka.

— Je vous montre Mesdames.

Il découvre le drap délicatement posé sur son corps, laissant le haut du corps couvert à partir du pubis, nous dévoilant l'emplacement de l'appendice masculin totalement désert.

— Dites voir Doc, la plaie semble découpée avec précision, la cicatrisation est propre. Mais elle a été accélérée, cautérisée électriquement.

— Vous avez raison. À l'examen il apparait que cette ablation a été faite ante mortem. Et aucune drogue ne lui a été injectée. Sauf qu'après les différentes analyses et biopsies, j'ai découvert un nombre incalculable de nanoparticules. Moi ? Je les nomme ainsi, elles me sont inconnues jusqu'à aujourd'hui, mais avec qui, je viens de faire connaissance ? J'en ai découvert de deux sortes, la plupart totalement éclatées et une petite centaine encore actives ou vivantes, je ne sais pas comment le dire. Mais jugez par vous-même Madame, d'Avicenne. Il désigne d'un geste l'écran géant de son ordinateur qui affiche un noir complet.

— Mais il n'y a rien Doc.

— Désoler madame. Il tapote sur sa tablette, qu'il tient dans sa main et l'écran révèle des enveloppes ferreuses contenant une multitude de protéines qui ressemblent à celles qui composent certaines méduses.

— Doc, pouvez-vous me transférer vos prélèvements ainsi que les séquences de votre A.F.M ?

— Oui Madame, pas de problème. Voilà c'est fait.

— Vous serez d'accord avec moi pour dire que cette façon de faire mourir quelqu'un est plutôt vicieuse et particulièrement torturante.

— Je suis entièrement en accord avec vous.

— Le pauvre. Il a souffert. Je le plains.

— N'en fais pas trop Sophia. Il est quand même responsable de 472 morts. Merci Doc.

— Doucement, Mesdames, ce n'est pas fini.

Notre hôte découvre le haut du corps et juste en dessous du nombril et au-dessus de l'émasculation, un marquage au fer rouge ou au laser de 4 centimètres de haut sur dix ou douze de long, il y est inscrit : Circé.

— Avant que vous me posiez la question. Oui ? Cela aussi a été fait ante mortem. Ceci étant dit, pas de trace, pas d'empreinte, rien qui nous indique une moindre piste.

— Merci Docteur Goutierrez.

Dans la rue, le soleil nous tend ces rayons de bonheur. Mais il nous renvoie à cette question qui maintenant se pose à moi, à nous. Qui est cette Circé ?

2.

Derrière le hublot de l'avion qui nous ramène à Paris, je laisse passer sous mes yeux le bleu du ciel et les petits moutons cotonneux blancs qui cassent cette immensité. Je vois parfaitement ce qu'offre mon voyage, mais mon esprit est accaparé par les derniers jours passés sur Port Of Spein et les moments intenses sur la frégate du Capitaine Bronislav avec Masaya, Rafiki et Jakub, mes amis, membres de la quintessence. Leurs humeurs, leurs tempéraments et leurs façons particulières de réagir face aux évènements me manquent. Un vide presque abyssal submerge mon corps et mon cœur. Je suis brisé. Au moment où je prends conscience de leurs absences et de la frayeur qu'elles entrainent, un sentiment bien plus puissant, plus fort, met le tout au second plan. Je suis en colère. Je suis en colère et énervée. Je suis en colère, énervée et en rage. Le mélange de ces deux formes de ressenti compose un cocktail, forme une osmose, cela m'interpelle, il faut que je sois plus fine dans mes déductions, que je réfléchisse comme eux, comme Sept, comme ces divers cavaliers. L'avantage, et, c'est une piste, les Sept ont une ligne directrice, ont un même dessein, suivent la même ordonnance. Le dernier cadavre de la plage me laisse un gout amer. Mettre fin à la vie des cavaliers quand ils ont fait leur office est très cruel. Pourquoi agir de la sorte et me dire qu'un chapitre est fini ?

La façon dont cette organisation utilise et se sépare de ces membres dénote d'une simple et efficace cruauté. Simple, car elle permet de mettre fin aux agissements sans autres marques de reconnaissance sauf celles des actes faits. Et efficace cruauté qui fait une suite logique à la simplicité. L'efficacité réside dans la brutalité, la rugosité du geste et des mises en scène. Le théâtralisme de la mort de la bibliothécaire et la mise en scène de UN, même la fin de vie du copilote, ne sont pas restés inaperçus ou indifférents aux yeux des autres ou de nous.

Il me semble que chaque membre doit sa mission, et qu'une fois celle-ci effectuée, il doit disparaitre. Cette mise à mort reste le choix et l'attribut du membre suivant.

La carcasse du vieux Boeing craque de partout. Des ongles pénètrent dans la chair de mon avant-bras gauche et la tête tremblante de Maritie se glisse rapidement sous mon aisselle. Ma main droite caresse ses cheveux afin de la rassurer, mais surtout pour qu'elle soulage l'étreinte de ses ongles dans mon avant-bras. Les turbulences ont enfin fini de ne plus faire vibrer l'avion et ainsi elles ont fait stopper l'empoignade de ma copine et les douleurs. Tout son corps se trouve maintenant détendu, sa tête a rejoint l'appuie-tête de son siège. Maritie m'aura laissé pour plusieurs jours les marques de sa peur, et de ses frayeurs sur ma peau. Après cet interlude de ma tendre et douce sadique, mon esprit repart dans les limbes profonds des pensées tumultueuses et tourmentées de Sept. La vieille carcasse entame sa descente vers la capitale française. Paris, ma ville, je veux ma ville, mon arrondissement, ma rue, oui parfois j'ai besoin de me retrouver dans mon environnement. Cela me ressource, me rassure de savoir que tant d'aïeuls y ont vécu, c'est un véritable cocon, mon havre de paix, ma source régénératrice.

— Bonne Mélissende.

— Bonjour Héléna.

— Mademoiselle a fait un bon voyage de retour ?

— Le Boeing était un vieil oiseau d'un autre temps. Et Maritie a sculpté ses ongles dans mon avant-bras lors d'un passage dans une zone de grosses turbulences. Regarde !

Je dégage mon avant-bras afin qu'Héléna prenne la dimension des empreintes que m'a laissées Maritie.

— Je prépare une poche de glace ?

— Oui Héléna, s'il te plait, dans le labo de Roger.

— Oui Madame, de nombreuses informations venant du Docteur Goutierrez et émanant du parquet de Port Of Spein sont à votre disposition. Je vous les transfère dans le Laboratoire ?

— Oui Héléna, tu accompagnes tout cela de mes friandises, des Fruits de l'air, 150cl de Soupir d'été et de l'angélique.

Après les évènements de l'hélicoptère et de Port au Spein, je dois m'isoler dans le laboratoire que mon ancêtre Roger avait créé dans les années 1960. Les murs, le sol, les poignées en cuivre, les Erlenmeyer, les ballons bicol sont autant de vestiges du passé qui, parfois, me permettent de résoudre des petits problèmes ou de jouer à la chimiste. C'est grand-maman Hélène qui a fini d'aménager l'immeuble du 1 et 3 pour ses besoins, pour nos besoins.

Je décide de ne pas utiliser l'ascenseur qui dessert les niveaux inférieurs, j'emprunte l'escalier en béton ouvragé autour du monte-charge. Ces quelques pas me permettent de faire le vide avant que je me mette à décortiquer les pièces et les éléments envoyés des Caraïbes.

Je passe devant la porte au premier sous-sol du labo de Léonie, celui qu'elle a aménagé sur les vestiges de l'officine érigée par son époux Charles. Malheureusement Charles fut fusillé par les troupes conquérantes germaniques au premier temps de l'occupation parisienne lors de la Seconde Guerre mondiale. Elle avait posé ses pipettes et autres instruments de pharmacie et de chimie dans l'ancienne cave de l'immeuble. J'ouvre souvent cette porte qui recèle derrière elle tant de souvenirs, tant de batailles contre les armes chimiques et biologiques de l'armée nazie. Je respire les émanations de gloire, je goute les larmes de joies quand elle découvrait des antidotes et même, je hume les cris de tristesse lorsque Léonie échouait. Elle me stimule, elle, et son antre, ses vieilleries ;

Le second sous-sol abrite moins de poussières, d'antiquailles. C'est là, l'ancienne cave des Avicenne, la cave des mystères. L'antre d'expérimentation ancestrale de la Famille. J'y ai joué avec le vieux Roger et mamie Hélène. Ces deux complices étaient très espiègles. Ils m'ont tellement appris. Tout était jeu, divertissement, expérimentation. Roger inventait toujours de nouveaux objets et Mamie expliquait comment il avait fait et comment cela fonctionnait. Je me dissimulais dans un renfoncement placé derrière une armoire remplie de bric et de broc, des ustensiles que seul Roger utilisait. Ils faisaient semblant de me chercher, mais un jour ma cachette s'agrandit pour s'ouvrir sur une immense bibliothèque, celle des Avicenne.

Des grimoires datant du premier de la lignée :" Ibn Sīnā " le philosophe, l'alchimiste, le médecin, l'originel, le liminaire. Une table magnifique en granite rose trône au milieu de la pièce comme un autel face à moi, juste derrière l'édifice massif tourné comme pour accueillir un lecteur ou le bibliothécaire, une cathèdre resplendissante. Ces lieux me paraissaient n'avoir jamais traversé le temps. Même si l'éclairage datait du début de l'électrification, tout y était lumineux et paisible.

— Mél où es-tu ?

— Je suis là Mamie! Venez voir. C'est incroyable.

J'entends les objets de Roger s'entrechoquer lorsque l'armoire grince sous les efforts empressés de mes deux parents. Tous deux s'engouffrent dans le renfoncement, et découvrent ma richesse et l'étendue de ma trouvaille. Comme des enfants, ils trépignent d'exaltations, de joie, d'envie, de curiosité de soif de nouveautés et de raretés. Roger emprunte le grand escalier longeant les parois de cette bibliothèque aménagée dans un pentagone. Personnellement je n'avais pas trop conscience de l'étendue de ce puits où la mémoire des siècles était rassemblée. La cachette de mes huit premières années de ma vie rouvre mon esprit et tous les méandres de mon cerveau. Mamie s'exclame, avec un peu de candeur, en découvrant au centre de la table de lecture, une pièce d'argile flottant dans sa cloche de verre où était soudée une inscription gravée dans un rectangle d'airain.

— Roger vient voir la tablette de Plimpton 322 !

— Ce n'est pas possible Héléna, elle est depuis 1930 à l'Université de Columbia où elle y est toujours exposée.

— Mais viens voir, je te dis !

— Oh nom de LUG !

— Laisse donc ce vieux Dieu celte tranquille, et dis-moi, est-ce un Plimpton ?

— Oui Héléna c'est bien une tablette, elle vient bien d'Irak, probablement du lot qui a été pillé en 1920 par......

— Non Grand Papi, pas pillé par, mais découverte, puis vendue par Edgar J. Banks à George Arthur Plimpton, deux ans plus tard.

Quand Roger était passé à côté de moi pour rejoindre Hélène, naturellement, aussi un peu poussée par ma curiosité, je l'avais suivi. Le champ de vision de mes huit ans ouvrait mon regard à 100 cm au-dessous de celui des adultes. C'est ainsi que je découvrais, bien rangé dans une étagère taillée dans la masse, sous le plateau de la table, un carnet parmi quatre autres. Je l'avais ouvert et lu rapidement au fil des pages, des illustrations, dessins, tableaux et autres descriptifs griffonnés, la provenance de cette tablette était mentionnée avec soins, détails et précisions.

> — D'où sais-tu cela Mél ?

> — Grand Papi, de là !

Je lui tendis le carnet relié de cuir noir rectangulaire de 95 sur 170 mm. Mon index posé sur le paragraphe traitant de la tablette.

J'ai vu son regard s'illuminer à la vue des dessins et commentaires écrits par un ou une de nos prédécesseurs.

J'ai encore les images de cette découverte en moi et les élans de joies dont m'avaient gratifiée Roger et Mamie Hélène. Depuis, j'ai pu comprendre que cette fabuleuse tablette est un des morceaux manquants. Après numérisation de la Plimpton 322, celle détenue par les Avicenne s'enclenche parfaitement. Toutefois cette révélation, cette découverte ouvre d'autres mystères, car la nôtre, elle aussi doit avoir un morceau sur sa droite qui lui correspond, même si cela ne semble pas, à première vue, évident. La tablette de Plimpton traite de mathématiques, la nôtre est illustrée par des symboles, par cinq symboles, plus précisément. Le feu, l'eau, l'air et la terre, notre tablette montre un pentagone où sont reliés les quatre éléments d'Empédocle et un élément supplémentaire, la Quintessence, comme l'avait supposé et prétendu Aristote, en son temps.

J'ai vu passer tant de scientifiques dans cette bibliothèque, qui voulaient toucher, ausculter, scruter, sonder, ou explorer avec toutes sortes de machines, de trucs et de choses ou simplement prendre la tablette dans leurs mains, mais jamais personne n'a pu soulever la coupole de verre pour libérer le morceau de pierre en suspension. Les seules à avoir pu s'en emparer ont été Mamie Hélène, ma maman et moi.

Je me laisse parfois trop entrainer par les souvenirs, les réminiscences de mon enfance. Cela me fait du bien, je dois poursuivre, j'ai du travail qui pleure de ne pas me voir à l'ouvrage. Je poursuis ma descente jusqu'à ce troisième sous-sol. J'ai cette manie un peu puérile de faire glisser ma main sur le mur de pierre, ces caresses qui couvrent celles de mes ancêtres, les odeurs, les essences, me rappellent que je suis responsable de leurs mémoires, des actions qu'ils ont accomplies. Je suis une d'Avicenne garant et comptable de la Quintessence.

3.

Le numéro 1 rue de l'Arbre Sec est un véritable cocon, mon havre de paix, ma source régénératrice. Après les évènements de l'hélicoptère et de Port au Spein, je me suis isolée dans le laboratoire que mamie Hélène avait créé dans les années 1960. Les murs le sol, les poignées en cuivre, les Erlenmeyer, les ballons bicol sont autant de vestiges du passé qui, parfois me permettent de résoudre des petits problèmes. Générations après générations, l'immense plateau avec ses diverses salles du troisième sous-sol, sont pour moi de magnifiques aires de jeu.

— Héléna s'il te plait, affiche-moi tous les fichiers reçus des Caraïbes.

— Les voici Mélissende.

— Ils y sont tous, y compris ceux du légiste ?

— Oui Mélissende.

— Alors, envoie.

Debout au milieu de la pièce, devant moi, mon univers audio visuel. Disposé en arc de cercle de 100° mon écran holographique m'obéit au moindre soupir. Les images du scanner du cadavre de UN à ma gauche les images d'une nanoparticule morte, en face, sur ma droite, une, bien vivante et active.

— Héléna tu peux m'en dire plus, sur ces nanoparticules ?

— Le docteur Goutierrez n'a fait aucun commentaire.

— Mais toi, as-tu commencé tes investigations ?

— Oui bien entendu.

— Alors Héléna, qu'attends-tu, ton comportement est totalement nouveau, donne-moi tes résultats. Cependant on reparlera ensemble de ta nouveauté, même ta voix a évolué. Bref !

— Les nanoparticules sont très particulières. À ta gauche un spécimen inactif, plus précisément qui a fait son office, il est éclaté. À ta droite une nanoparticule encore active, vivante ou qui n'a pas pu exécuter sa mission.

— OK ! Cela, je l'avais déjà compris, tu n'as rien d'autre.

— Bien évidemment ! La nanoparticule est composée d'une enveloppe ferreuse ou si tu préfères une enveloppe ferrofluide de charge contrôlée. Il faut que j'en détermine la formule chimique. Il apparait que le procédé serait basé sur le principe de Stephen Papell et de Rosenweig.

— Les travaux de Papall sont basés sur des particules de magnétites et non sur de la poudre de fer. Donc Héléna, si je te comprends bien, la nanoparticule a une enveloppe ferreuse. La consistance est gélatineuse pouvant contenir un noyau. Ce noyau restant est à déterminer ?

— Mélissende, tu as raison, c'est bien cela. J'ai eu le temps d'analyser le noyau en question.

— Et alors Héléna.

— J'ai un début de réponse, Mélissende. Cette molécule ressemble étrangement à une protéine d'origine animale.

— Tu peux me montrer Héléna ?

Les écrans affichent dans tous les sens cette mystérieuse protéine. Je me pose en tailleur sur le sol, comme je le fais à chaque phase de profonde réflexion.

— Tu peux isoler et déstructurer cette protéine. Si tu peux, détache les macromolécules biologiques. Il faut que tu extraies les différentes chaines de résidus d'acides animés des liaisons peptidiques, sauf si cette chose n'est pas une protéine.

— Que voudrais-tu que ce soit d'autre ?

— Mélissende, tu as raison. Je ne peux pas faire mieux avec ces simples images, la résolution que nous avons ne permet pas de faire plus d'investigations.

— Ce n'est pas un problème Héléna ! Car ce n'est pas une protéine. Le légiste a envoyé avec les clichés, une vidéo prise par son A.F.M. ? Non ?

— Je ne comprends pas, pourquoi cela nous aidera plus que les séquences de l'A.F.M, j'envoie tout de suite.

— Tu vas vite comprendre Héléna.

— Mélissende !

— Quoi encore ?

— Maritie est devant la porte elle sonne.

— Va la chercher, moi, je, on continue.

Pendant que je visionne la vidéo, l'hologramme conduit ma copine jusqu'à moi où je devrais dire jusqu'à nous, les fioles, les livres, les auras de tous mes ancêtres. Je vois arriver Maritie avec sa bouche grande ouverte de stupeur et ses yeux écarquillés comme si elle venait de voir des extraterrestres. Je n'ai pas pu me contenir et m'exprimer énergiquement.

— Ferme ta bouche et regarde où tu marches. Ne va pas casser quelque chose.

Elle continue à déambuler comme une demeurée. J'ai frappé dans mes mains avec violence. Je l'ai vue tressaillir, signe d'un réveil imminent de ma copine.

— Dis donc tu m'avais caché tout cela, Mél ?

— Non, je n'avais eu l'occasion de te le faire découvrir. Que fais-tu ici ma belle ?

Alors qu'elle regarde avec candeur et intérêt autour d'elle, elle me répond calmement et avec hésitation.

— J'avais fini mes consultations de la journée, je voulais savoir si on pouvait souper ensemble.

— Mais qu'est-ce que tu me racontes. Nous sommes quel jour ? Héléna ?

— Oui Mélissende ?

— Cela fait combien de temps que nous sommes dans le labo de Roger ?

— 38 heures 42 minutes et 8 secondes.

Je suis énervée, très énervée, mes investigations m'ont fait perdre la notion du temps.

— Héléna, affiche mon état physiologique.

— Mél, tu es en hypotension avec ta systolique à 87 mm Hg, des battements cardiaques à 103 par minutes et des ondes cérébrales gamma frôlent les 100 Hz, tes bêta oscillent rapidement, elles sont depuis 8 heures entre 94 et 98 Hz. Alors ma belle, tu viens tout de suite avec moi pour prendre un bon repas.

— Non, pas tout de suite. Regarde ce que j'ai découvert. Héléna repasse la vidéo au ralenti, s'il te plait.

La vidéo montre cette chose que l'on peut prendre pour une protéine. Puis sous les yeux de Maritie, la chose bouge doucement. Sans le ralenti, cette manifestation serait passée inaperçue, tellement ces mouvements sont imperceptibles, fugaces.

— Alors Maritie tu en déduis quoi ?

— Une protéine qui bouge comme un être vivant, ce n'est pas normal.

— Bien sûr que ce n'est pas normal. Car ma belle c'est une amibe. Un être unicellulaire eucaryote.

— Alors là ! Je suis sans voix.

— C'est bien continu. Héléna, pendant qu'on va manger, tu cherches, dans toutes les bases de données possibles imaginables et même inimaginables, il me faut une réponse.

— Mélissende, j'ai déjà commencé.

Pendant que nous prenons l'escalier doucement, car je commence à ressentir mon manque de sommeil, Maritie me demande avec curiosité.

— Mél, tu peux m'expliquer comment a fait Héléna pour déterminer le niveau de tes ondes cérébrales, enfin bref de dérouler un bilan sanguin et neural complet ?

— Ah ! Ça ? C'est une de mes dernières nouveautés. J'ai mis au point des capteurs de 50 microns d'épaisseur.

— Même à 50µ je devrais en apercevoir au moins un !

— J'en ai préparé pour toi ? Tu veux les essayer ?

Je sors de ma poche gauche de mon veston couleur printemps, une boite translucide d'un bleu tendre, le bleu pantone 277, cette couleur semble rassurer ma copine.

J'ouvre délicatement cet écrin. Je lui présente sept capteurs, trois petits, un en forme d'un flageolet allongé, et les derniers de structure ovoïde plus épais que les 4 autres.

— Tu plaisantes, autant de capteurs, et tous sur la tête ?

— Non ! Tu es bête, c'est une boite complète. Avec écouteur et émetteur audios, c'est ce haricot allongé à mettre derrière l'oreille. Les petits vont sur la tête, ce sont les capteurs d'ondes cérébrales, deux sur les tempes et l'autre en C2. Les plus gros ce sont ceux qui recueillent nos données médicales, de l'influx nerveux, des glandes apocrines, de tes fréquences cardiorespiratoires, de la tension artérielle et d'autres données qui me restent à calibrer et à affiner.

— Mél ! Tu en as cité bien plus que sept ?

— Tu es en forme Maritie. Oui tu as raison, il y a des capteurs qui peuvent recueillir plus d'une information. Pour exemple, la fréquence cardiaque et pulmonaire, ou l'influx nerveux et la captation du PH avec de la sécrétion d'une glande apocrine. Je continue, ou tu as compris ? Je crois bien que tu as fait médecine ?

— Arrête Mél ! Oui je veux bien essayer.

Je lui place les minuscules formes gélatineuses sur son corps. Instantanément Héléna identifie et synchronise les informations existantes qu'elle possède de ma copine avec les premières données. Je demande à Héléna d'installer l'application dédiée que j'ai créée sur son smart et d'y inclure nos alertes. De cette manière nous saurons en temps réel si l'une d'entre nous est en bonne santé ou mal en point.

— Mél, ton flageolet que tu m'as placé juste derrière le lobe de mon oreille m'a piqué.

— Oh désolé, j'ai oublié de te prévenir. C'est un récepteur émetteur intelligent presque vivant. Dans 1 heure ? Tu l'auras oublié.

Pour le faire fonctionner, tu tapes doucement sur le haricot et tu rentres en harmonie audio avec la Quintessence. Pour être seulement avec moi, tu tapes 2 fois. L'arrêt de toute diffusion se fait par une frappe. Essaye !

Elle tapote un coup sur son émetteur.

— Coucou Mél.

Elle écarquille les yeux d'étonnement, car dans tout le laboratoire, sa voix retentit. Avant que ses deux mots s'éteignent dans l'immense salle, une douce mélodie sonne.

— Bonsoir Maritie !

J'ai fait signe de la tête à Maritie qu'elle pouvait répondre à Sophia qui était sur son campus de l'université de Binghamton où il est 13h15.

— Je suis heureuse de t'entendre Sophia.

— Les filles je dois vous laisser, j'ai un cours, dans moins de 15 minutes.

— Oui ! Va Sophia.

Nous remontons doucement les 3 étages. Maritie, parle, parle, j'entends, mais je n'écoute pas mon esprit est encore accaparé par les images de cette chose bizarre, cette amibe extraite du corps de UN.

J'ai bien une petite idée. Ce truc bouge doucement, de quelle sorte d'amibe s'agit-il ?

— Mél, il y a un colis qui vient d'arriver.

— Héléna, sa provenance ?

— Centre médicolégal de Port au Spein. Il est signé du docteur Goutierrez.

— Envoie le colis au Labo. Et arrange-toi avec Maritie pour le souper.

— Mél s'il te plait. Viens manger avec moi. Cela te fera du bien.

— Non. Tu m'emmerdes Maritie. Je serai bien, que lorsque j'aurai élucidé cette énigme. Alors, occupe-toi du repas et du reste. Tu seras un amour.

Je dévale les deux étages qui me séparent de mon terrain de jeu. J'arrive devant ma table de travail. Le colis est déjà disposé dessus, prêt à être déballé et découvert.

Je prends délicatement le coffret à lamelles et les deux boites de Pétri que je sors doucement pour les poser sur ma table. Dans le coffret, il y a 2 rangées de six lamelles. Sur le revers du couvercle un translucide à cristaux liquides qui indique le type d'échantillon lorsque la lamelle est sortie de son logement.

La table permet de lire 18 lamelles en simultanés et j'avais fait construire 8 ouvertures pouvant recevoir des boites de Pétri. Tous les échantillons sont en place. Je lance la lecture des échantillons. Mon gigantesque écran curviforme s'illumine, il étincèle, c'est somptueux. Merci Docteur Goutierrez, vos prélèvements sont une source d'information extraordinaire.

Je passe devant ma table et je m'assieds en tailleur. Mes yeux se promènent de gauche à droite, de bas en haut en diagonale, je compare, je distille, je traque les différences, je gobe les indices, je me nourris, je gloutonne, j'ingère et enfin je comprends.

— Héléna, avec ces images, as-tu pu faire une synthèse ?

— Attendez Mélissende. J'en finis avec toutes ces informations. J'ai un début.

— Pour un supercalculateur, tu es bien lente ma pauvre.

— C'est vous qui m'avez créé, alors il ne faut vous en prendre qu'à vous.

— Tu progresses Héléna. Continue à étudier. Pendant que tu apprends, moi j'ai trouvé.

— Je suis curieuse Mélissende.

La porte coulissante transparente s'ouvre derrière moi. Ma copine, arrive avec sur son bras gauche deux cartons l'un sur l'autre et au bout de sa main droite un sac, qui émet un tintinnabulement caractéristique, celui de l'entrechoquement de bouteilles entre elles.

— Quelle belle fin de journée.

— Ah bon pourquoi cela Mél ?

— Je viens de trouver ce à quoi correspondent ces nanoparticules. Des bouteilles, un bon repas préparé par mon traiteur russe préféré, et toi qui es magnifique.

— Tu es bien plus courtoise qu'avant Mél ! Me feras-tu l'honneur de me faire découvrir le résultat de tes investigations ?

— Je vais faire simple. En fait, ce que je prenais pour des nanoparticules, puis, pour des amibes n'en sont pas, ou presque. La structure ressemble à une molécule, ou à une amibe simple, est en fait un être unicellulaire qui est entouré d'un gel ferrofluide.

J'ai découvert que cette carapace ferreuse est distincte et non séparable du noyau unicellulaire.

Ce noyau a été créé en laboratoire, c'est une manipulation génético-cellulaire, elle est issue d'un mollusque, d'une méduse.

Je trouve extraordinaire cette manipulation biologique de la cellule. Son osmose, son interpénétration est parfaitement réussie entre deux espèces mortelles pour l'homme, l'énorme et majestueuse prédatrice dite à crinière de lion (Cyanea capillata) et la minuscule Malo Filipina. Des milliers de ces nouveaux noyaux transformés, introduits dans un corps doivent provoquer des douleurs intenables et une mort certaine, dans les 12 à 20 minutes.

 — Mél c'est monstrueux. Et qu'en est-il de la coque ferreuse, à quoi sert-elle ?

 — Je n'en sais rien pour l'instant. Je trouverai. Pour le moment j'ai faim, on mange ?

Je range les boites de Pétri et les lamelles dans leur coffret. Ma table peut maintenant servir pour notre repas en tête à tête.

 — Mél comment on réchauffe notre souper, me demande ma complice.

 — J'ai un petit four à microonde qui date un peu, mais qui fera bien l'affaire pour ce soir.

Je fouille dans une ancienne armoire qui me sert de remise à matériel obsolète. J'en retire un ancien four marqué par le temps. Je le poste loin de nous, par prudence. J'enfourne notre goulache. Après 2 petites minutes, des crépitements se font entendre.

 — Mél., je crois bien que notre repas est chaud !

Maritie sort notre plat, et affiche un air dubitatif.

 — C'est bizarre, au toucher ce n'est pas aussi chaud que cela. Pourtant j'ai entendu des crépitements, en général cela veut dire que c'est juste bon.

 — Remets notre repas au four et relance, Maritie, moi, je nous sers un grand verre de soupir d'été. Nos assiettes sont maintenant disposées l'une face à l'autre. Nous sommes assises sur des tabourets de laboratoire, pas très confortables. Peu importe, nous sommes toutes les deux près d'un coin de cette table en verre qui diffuse une douce lumière.

Maritie a toujours su s'arranger, se parer, pour me mettre en émoi. Ses longues jambes galbées et divinement musclées, posées sur ces escarpins, arriveraient presque à me rendre jalouse, moi la petite femme toute menue. Mais quand je suis détendue, loin de toutes réflexions scientifiques, de recherches, ou d'investigation, alors notre sororité laisse place à d'anciens instincts, à mes pulsions de sexe, de jouissance. Quand mon regard croise les courbes érotiques généreuses de sa poitrine, je suis tentée inexorablement d'y plonger la tête. Je suis sous le charme de ma copine, sa sensualité me donne la chair de poule. Depuis le bas de mes reins, de doux tressaillements font monter en moi ma libido. Mon corps tout entier est existé par les vagues, les flots d'hormones qui s'y déversent doucement, chaleureusement. Ma voix se fait plus douce, quand je me déplace, je la frôle, la caresse délicatement. Je cherche tous les prétextes pour me rapprocher. Quand enfin je la sens disposée, tout mon corps se raidit. Je saisis Maritie, elle ne dit rien, elle a compris. Je l'embrasse goulument, férocement, passionnément, puis, après avoir repris notre respiration, j'offre un doux et tendre baiser.

Je conduis félinement ma copine dans le renfoncement équipé d'un lit. Mon lit qui est toujours fait et frais pour m'accueillir quand je passe de nombreux jour et nuit dans le labo. L'heure qui passe est consacrée à refaire nos jeux érotiques de nos années d'étudiantes.

— Mél ma tendre, tu devrais jeter ton four à microonde. Il chauffe, mais il est aussi perméable.

— Tu es un génie.

— Comment ça Mél ?

— Ce que tu as pris pour les crépitements de notre nourriture n'en était pas.

— Ce n'étaient pas des crépitements ?

— Si, mais pas pour notre goulache.

— Viens, tu auras le privilège de voir par toi-même ce que j'ai compris et découvert. Tu vois les coffrets à lamelles et à échantillons posés à côté du microonde ?

— Oui.

— Prends-le, pose-le sur la table rétro éclairée et ouvre-le doucement.

— Oh merde ! Que s'est-il passé Mél ?

— Je t'explique. L'enveloppe ferreuse, le gel ou le ferrofluide sont des nanopoignards qui excités par des microondes se mettent à briller, chauffent et éclatent. Regarde l'état des lamelles qui ont éclaté. Ces lamelles enserraient des nanoparticules vivantes.

— Ce sont ces petites choses qui étaient dans le corps de UN ? Il a dû morfler. En y combinant les assauts des noyaux de méduses modifiés, il n'a pas eu une douce mort. Comment ces mortelles molécules ont-elles envahi son corps?

— C'est simple par la nourriture.

— Comment Circé, aurait-elle fait sans qu'elle ne soit elle aussi envahie par ces bestioles ?

— Mais tu le fais exprès, Maritie.

Elle hausse les épaules de frustration et elle bougonne de vexation, à voix basse.

— Non, non….non !

— Si les bestioles, comme tu dis, ne sont pas soumises à des microondes, ils ne se passent rien. Elles sont évacuées par les voies normales et naturelles. Circé a dû faire fonctionner un gros microonde autour de Un, et les bestioles ont fait leurs terribles offices.

— Elle est effroyable, effarante, terrifiante, Circé !

— Je te ne le fais pas dire.

Nous empruntons les escaliers doucement. Nous sommes toutes deux totalement fourbues. Il est 1 h 30, cela fait trop longtemps que je suis éveillée.

4.

Que cela fait du bien de profiter d'un doux matin de printemps, en compagnie de son amie tout en regardant couler la Seine depuis mon balcon. Alors que je prends la première bouchée de mon œuf brouillé, Héléna s'invite avec impolitesse.

— Mélissende ! Une dame se présentant sous le nom de Doriane Figuéré, vice-Procureure, elle est plantée devant la porte. Elle semble très énervée. Je lui ouvre ou je la neutralise ?

— Dis-lui que je prends mon petit-déjeuner. Qu'elle revienne plus tard.

— Elle n'a pas du tout aimé ta réponse. Elle insiste. Bon ! Ouvre-lui et mène-la à nous.

Maritie me regarde avec des yeux tout ronds de stupéfaction. Elle me fait comprendre que je suis terriblement impolie et désagréable.

Ma copine se lève en entendant venir la magistrate. Moi je termine tranquillement mon repas du matin qui a été partiellement perturbé.

— Bonjour, Madame, la vice-procureure.

Avant qu'elle vienne déranger la quiétude de ce matin ensoleillé par sa voix énervée, j'ai simplement posé mon index sur ma bouche. Elle est posée devant moi, trépignant d'agacement. Je prends ma dernière bouchée de mon œuf brouillé, là, doucement avec délectation, j'avale le fond de ma tasse de café au lait. Je lève les yeux vers Doriane.

— Bon que me vaut votre visite en ce dimanche ensoleillé ?

— Vous n'êtes vraiment au courant de rien ?

— Au courant de quoi ?

— Un engin inconnu a violé l'espace aérien français et parisien pour se mettre en stationnaire au-dessus de la Tour Eiffel. Il y a 3 morts et 24 blessés, principalement des céphalées et des troubles sévères de l'audition. Puis cet engin s'est dirigé vers Bruxelles au-dessus du parlement. Durant son périple, il a été interpelé par la patrouille de défense européenne. Je vous passe les détails, ce que je peux dire, c'est que les quatre chasseurs ont été neutralisés par cette machine volante qui se fait appeler Chimère. Cette Chimère est pilotée par une femme nommée Circé.

— Quoi ! Encore elle ?

— Comment ça Mélissende, encore elle ?

— Circé, quoi.

J'ai immédiatement invité la magistrate à nous suivre dans mon duplex où Héléna a fait un excellent résumé parfaitement détaillé et illustré de nos découvertes de la veille.

— Alors c'est tout, tu as gâché mon petit-déjeuner avec cette Chimère pour nous faire un résumé de 10 secondes, sans autres éléments que ton pauvre discours. Tu as des photos, des enregistrements audios, vidéos ?

— Oui, j'avoue, j'ai été cavalière et un tantinet énervée. J'ai tellement de pression du parquet européen, que cela me pèse et me stresse.

— Bon! Doriane, dis-moi s'en un peu plus. Ce que je sais, c'est que Circé est une membre de l'ordre des SEPT, c'est elle qui a mis fin aux exactions de UN. Et je t'assure que c'est une vicieuse et elle a beaucoup de moyens. Nous devons nous attendre à compter les morts, beaucoup de morts.

— Mélissende, j'ai des choses pour toi sur ce môme. En montrant à Héléna, un mome, un module mémoire.

Je prends le mome pour le passer dans le vérificateur viral. Il n'y a aucune atteinte à la sécurité.

— La confiance règne Mélissende.

— Oui, bien sûr, la confiance s'exclut pas le contrôle. Car indépendamment de toi, ton mome aurait pu être infecté.

— Tu as raison.

— Voyons voir ce que recèle ton mome. Héléna s'il te plait, envoi.

Je nous vois toutes trois studieuses, face aux écrans homographiques. Je fais arrêter la diffusion.

— Héléna, peux-tu utiliser mon quantorithme de modélisation 3D et nous faire une transcription holographique de ces images au centre de la pièce afin qu'on puisse tourner autour pour en tirer le meilleur parti.

— Voilà, je lance toutes les séquences que j'ai compilé entre elles, entre les vidéos, les caméras se trouvant autour de la tour Eiffel, dans l'allée des Refuzniks, l'allée Jean Paulhan, les avenues Anatole France, Gustave Eiffel. Compile aussi les caméras du quai Branly, celles du champ de Mars, du port de Suffren ainsi que celles de la place où les badauds se trouvaient au moment du stationnaire de l'engin.

— Merci pour les précisions. Mais qu'attends-tu ? Je demande avec agacement à Héléna.

— Je voulais améliorer la qualité des images qui n'est pas toujours constante.

— On s'en serait douté. Bon alors, tu tergiverses encore Héléna.

— Mélissende dois-je mettre le son ?

— J'attends.

L'hologramme 3D se lance. Les images stupéfient Maritie qui est bouche bée et la substitute écarquille les yeux. Je leur demande de me regarder faire. Mon quantorithme permet de rentrer dans la vidéo pour pouvoir avoir un regard différent, une vision inhabituelle de la scène. Je peux en extraire une partie en tranchant, en dessinant un cercle avec un doigt ou la main, comme pour façonner une grosse boule de neige de son tapis blanc. Je peux tapoter sur un détail pour juste l'extraire. En exerçant une longue pression sur l'hologramme, je fige la vision. Je peux aussi donner des ordres, comme ralentir, agrandir ou faire une analepse. Le champ des possibilités est infini. Plus j'utilise la représentation holographique, plus Héléna apprend et même, anticipe mes ou nos désirs.

Après ma démonstration Maritie et la magistrate se prennent au jeu. Elles découvrent une particularité quand elles demandent une action. Héléna recrée un autre hologramme pour moi. Nous pouvons donc travailler ensemble ou séparément, puis fusionner les images.

— Alors Héléna, le son ?

— Oui Mélissende. Écoutez bien, c'est plutôt étrange.

Mes, nos, oreilles sont enveloppées par cette musique sous-marine, ces voix enchanteresses, et qui, à la vue des premières séquences, semblent inoffensives.

Lorsque les fréquences changent, on constate sur les visages des passants, visiteurs et autres, la frayeur et les douleurs de tous ces gens. Les premiers pris de malaises et les vomissements de certaines personnes se voient parfaitement.

— Héléna baisse le son ! Mon assistante virtuelle soulage nos tympans, en baissant le volume. Et je continue à émettre des requêtes.

Peux-tu isoler l'engin. Fais-nous une analyse complète des sons émis.

— Mélissende, enfin tu n'as pas reconnu le chant des baleines ?

— Pauvre magistrate. C'est bien ce qu'on veut nous faire croire. Effectivement il y a des chants de baleines, cependant il y a bien d'autres fréquences.

— Mélissende, tu as raison, il y a des ultras et infrasons. Réplique Héléna.

— Tu as les fréquences exactes, Héléna ?

— Mon quantorithme a parfaitement traité les informations. J'ai pu ainsi déterminer non pas, par l'enregistrement (car les micros des smarts ou des V.A. ne bénéficient pas de spectres assez larges pour pouvoir les enregistrer), mais par les ondes dispersées, les vibrations.

Héléna nous donne les fréquences qu'elle a évaluées en disséquant la compression de l'air et en les croisant avec les symptômes constatés sur les victimes.

Après avoir fait l'exposé complet, détaillé et listé, l'éventail des possibilités que recèle Chimère, nous avons pu évaluer l'esprit malfaisant et déréglé de Circé.

— Dis-moi Mél !

— Oui Maritie, je n'ai jamais entendu parler de quantorithme. C'est quoi ?

— Oui c'est quoi. Répète la magistrate.

— Un quantorithme, pour faire simple, c'est un algorithme 10 puissances 21 ou 2 puissances 70, c'est un zetta-algorithme.

— OK le zetta on connait, c'est courant. Mon mome a presque 1 zetta avec ces 10 puissances 16 de mémoire.

— Je vous avoue que cette appellation de quantorithme est purement arbitraire et est sortie tout droit de mon imagination.

Nous poursuivons nos divagations autour de Circé et de sa Chimère qui nous semblent toutes deux terrifiantes.

Maritie m'annonce avec empressement qu'elle est de permanence au centre médical virtuel de Paris Centre. Doriane et moi la laissons donc partir et nous décidons de l'accompagner un bout de chemin.

5.

Cela fait maintenant plusieurs semaines que je me divertis entre mon labo, mes passages dans le bureau de madame la substitute Figuéré et dans les locaux du BEI. J'aimerais tant voir cette Chimère de plus près. Les images que j'ai vues et revues me laissent dans une profonde frustration. La vitesse qu'elle déploie est impressionnante. Il faut que j'en sache plus.

Depuis ma terrasse j'observe le spectacle que m'offre la préparation de l'évènement de ce weekend d'avril.

Dans 24 heures la capitale sera animée, comme peut l'être ma ville quand elle accueille un grand évènement. Cette année c'est le 75e anniversaire du Marathon. La ville sera en grand apparat. Ce sera la grande messe du sport, les oriflammes seront de sorties. Les grandes orgues souffleront des mélodies et des airs populaires. Les gardes "Suisses" veilleront à la solennité et aux respects des lieux.

Je me prépare sérieusement pour le marathon de Paris depuis mon retour des Caraïbes. J'y participe depuis maintenant 12 ans, c'est un évènement que je manquerai pour rien.

Le parcours, depuis 2 ans, borde la Seine d'un côté puis de l'autre. Comme toujours, le départ se fait depuis le Champs de Mars pour une arrivée par le pont d'Iéna et finir sous les jambes d'acier de la tour Eiffel, de notre vieille dame de fer. Ce sera et c'est un spectacle grandiose qui s'est encore magnifié depuis que la capitale ne reçoit plus de voitures automobiles à explosions. Je décide de me promener sur le quai François Mitterrand en remontant la Seine pour y admirer les préparatifs.

Au loin, j'aperçois mon jeune commissaire, toujours accompagné des deux agents du BEI. Je décide de les rejoindre.

— Bonjour 3A. Tes deux acolytes ont disparu ?

— Bonjour Mél. Oui, ils font le point avec Madame la Substitute au PC mobile de sécurité. Ils vont me rejoindre et on doit faire le tour des 40 km du marathon. Tu viens avec nous ?

— Quelle question. Oui bien sûr.

Cela faisait plusieurs semaines que je n'avais vu Rod et Phil. Nous nous installons tous les cinq dans ce Sea Bubble nouvelle génération modifiée et aménagée pour les forces de l'ordre de 8 places pour des policiers. L'inspection commence, nous remontons la rive gauche de la Seine pour la descendre par la rive opposée. Nous cinglons doucement en examinant méticuleusement tous les quais, les ponts, les rives, et bordures. Tous les dispositifs de sécurités et de secours sont scrupuleusement observés. La magistrate et les 3 officiers semblent satisfaits de l'ensemble des installations de sécurité. Tout est en place pour que la fête soit parfaite.

Je vois le pont d'Iéna s'illuminer de mille couleurs et les banderoles publicitaires électros leds dévoilent leurs messages. Il est 6 h 30 ce premier dimanche d'avril. Le soleil se lève doucement sur une brume épaisse, les premiers rayons balaient difficilement le Pont Neuf puis arrivent sur le pont des arts. Des sirènes, des lumières, de l'affolement, de l'agitation et le son de ma sonnette carillonne brutalement. Depuis ma terrasse je vois 3A me faire des signes en ma direction et tendre le bras vers l'horizon derrière lui. Héléna m'interpelle.

Je regarde au loin, là où 3A semble indiquer quelques étrangetés. Je commence à comprendre en voyant le fleuve Parisien à sec.

— Mélissende ! La substitute Figuéré vous demande, elle insiste pour que vous descendiez rapidement.

— Dis-lui que j'arrive. Et ajoute que la Seine. Non ! Ne dis rien d'autre.

Je revêts ma tenue de printemps. Je mets en place mes capteurs médicaux et cérébraux. Et je demande à Héléna de me mettre en relation avec Sophia, Katinka et Maritie. Pendant que je rejoins les excités d'en bas. Mon cerveau est déjà en ébullition.

Je constate que je suis seule et qu'il me faut reconstituer la Quintessence en urgence. Mais il faudra que je patiente, pour l'heure, ce n'est pas le sujet, néanmoins je vais mettre Héléna à contribution.

— Héléna demande à Sophia de faire une liste de personnes susceptibles de rejoindre la Quintessence. Puis tu étudies les listes que nous ont établies les défunts Rafiki, Jakub et Masaya. Demande aussi à Maritie de nous rejoindre.

— Je m'en occupe tout de suite Mélissende ! Peux-tu prendre le paquet que tu as reçu.

— Ah, bon ! De si bonne heure ? Tu as vu qui a mis ce paquet ?

— C'est un drone.

— Tu visionneras tout ce que tu auras récolté du miracle de la Seine en rentrant.

À peine avoir mis un pied sur les pavés de la Rue de l'Arbre Sec, mon paquet en mains, que Doriane, 3A et surtout le jeune Rod se sont mis à me faire une description des faits. Pour n'importe qui ce flux de mots désordonné aurait provoqué une grosse céphalée. J'ai simplement répondu en calmant les excès de langage.

— Bonjour, Doriane, Rod et 3A. J'ai bien compris. Restons calmes et professionnels. Je vais aller évaluer la situation.

Je me rapproche doucement de la rive de Seine qui se trouve le long du quai du Louvre. Je fais migrer le paquet surprise, de mes mains, sous mon bras gauche.

— Ah oui ! Elle est à sec.

Par curiosité et taquinerie, je me déplace sur ma gauche au milieu du Pont Neuf. Ma curiosité sous le bras, je poursuis mes railleries.

— Pour la pêche, c'est foutu. On pourra demander au Maire et au Préfet qu'ils en profitent pour curer le lit. Non ?

— Mélissende, qui peut faire cela ?

— Franchement, je n'en sais rien Doriane. Bonjour Maritie.

— Bonjour, c'est bizarre, la Seine à sec !

Au loin sur le quai Mitterrand, je perçois une silhouette que je ne tarde pas à le reconnaitre : le Préfet de la place de Paris, il est accompagné d'un cortège de policiers et de hauts fonctionnaires.

— Il y a le pleutre et mollasson Préfet qui arrive, je sens que cela va être techno.

Pendant ce temps, les excités, je vais ouvrir ma boite, ma surprise, mon paquet surprise.

J'ouvre mon petit carton servant d'emballage, comme un cadeau qu'on offrirait à un être cher.

Un ruban bleu RVB 0 181 214 ou bleu Atoll, sur un papier tissé blanc. J'ouvre donc la surprise, et j'en sors une pièce de bois et deux pierres, l'une de couleur blanche l'autre totalement noire.

— C'est un morceau du Tangram ? Me crie Rod dans mon oreille droite.

— Bien vu Rod, donc tu sais maintenant qui a voulu faire cette plaisanterie à la Ville de Paris ?

— Shit ! Mél, tout le monde a compris, c'est cette satanée corporation. Les Sept, non ? C'est quoi ces cailloux ?

— Ces cailloux comme tu dis Phil, en fait, ce sont des pierres pour le jeu de GO. Il me semble que nous en avons parlé.

Doriane s'avance vers le Préfet la main droite tendue vers lui. Et la main gauche sur la couture de sa jupe stricte et désespérément droite.

— Monsieur le Préfet, je vous présente Mélissende d'Avicenne. Vous l'aviez reconnue, elle était sur l'incident de la Bourse.

— Oui bien sûr Madame D'Avicenne.

— Pour vous, ce sera Mademoiselle. Monsieur de Robien. Si vous venez pour l'ouverture de la pêche, c'est foutu.

— Mél s'il te plait. Me chuchote Maritie en ponctuant sa phrase par un coup de coude sur mon triceps gauche.

— Vous vous payez ma tête Mademoiselle ?

— Oui. Pourquoi cette question, ce n'est probablement pas la première fois ?

— Substitute Figuéré, dites à cette femme de surveiller son langage, et rappelez-lui à qui elle a à faire.

— Monsieur calmez-vous. Vous êtes venu nous casser les pieds ou c'est pour une raison précise ?

— Mél s'il te plait. Me répète Maritie en cœur avec Doriane.

— Vous savez qui a fait cela ?

— Alors vous, les hauts fonctionnaires, vous êtes extraordinaires. Vous attendez qu'on vous mâche le morceau et après vous allez le trompéter, claironner et brandir votre réussite en haut lieu. Alors sachez, cher « Monsieur qui ne sert à ... »

— NOOOOOOOON Mél.

— Encore toi, Doriane qui me coupe dans mon élan. Bref. Oui, je sais qui a fait en sorte qu'il n'y aura pas de pêcheurs aujourd'hui.

— Dites-le. Et il n'y aura pas de marathon non plus. Assène le Préfet.

— Ah ! Parce que le fait qu'il n'y ait pas d'eau empêche de courir. J'ai dû rater un cours à la maternelle. Il sera toujours temps d'annuler à la dernière minute, si d'ici là, nous ne trouvons rien de probant. Mais pour l'instant rien ne l'y oblige. Laissez-nous travailler. Cependant, je ne vous dévoilerais pas qui a fait ce tour de passepasse.

Le haut fonctionnaire vexé, tourne les talons et en manœuvrant, ordonne à la Magistrate de le suivre. Doriane le suit. J'entends que l'homme use de son autorité et le fait savoir en haussant le ton. Je vois le visage de la substitute devenir de plus en plus désabusée, mais pas du tout intimidée par les propos du Préfet.

— Bon assez rigolé. Héléna, tu as des images pouvant nous éclairer sur la situation ?

— Oui. J'ai suivi l'ensemble de vos conversations et j'ai pris la liberté de commencer mes investigations.

— Alors !

— Avant tout, j'ai plusieurs requêtes à formuler.

— OK, donne-moi tes doléances Héléna.

— Il me faudrait l'accès aux données de ma consœur du BEI. Puis, il me faudrait ton autorisation pour envoyer des drones farfouiller le lit de la Seine.

— Pour les drones c'est d'accord. Je regarde Rod et Phil d'un air interrogatif.

— Oui nous faisons le nécessaire. Nous allons au BEI de ce pas, car pour obtenir l'accès il faut que Magaret ait nos empreintes biométriques.

— Margaret, c'est en l'honneur de la baronne Thatcher ? Demande avec candeur ma copine.

— Yes Miss Maggie. Me rétorque de sa voix roque l'Irlandais.

— Maritie, c'est évident, il n'y a que des Britanniques pour avoir un tel humour.

— Messieurs nous nous retrouvons à 10 heures dans notre petite salle du Commissariat.

Les drones commencent leurs explorations. Héléna en a déployé 2 qui survolent le lit boueux, et 2 autres ressemblant à de grosses araignées de mer qui pataugent pour récolter les plus petites substances particulières, étranges, différentes, discordantes, pouvant se trouver dans ce vasard.

Maritie et moi nous les observons un court instant quand une araignée drone bute dans ce qui parait être une grosse pierre. Celle-ci se révèle être un engin, une chose toute dégoulinante de limon et de vase qui décolle soudainement de ce cloaque. Dès ce premier envol, une nuée d'engins sort du lit du fleuve pour s'envoler rapidement et disparaitre dans le ciel parisien encore engourdi par la nuit. De loin, cet engin ressemble à un mollusque, un coquillage allongé de grande taille, mais plus rond que ceux que j'avais déjà observés.

Nous retournons immédiatement dans mon labo.

6.

Il est 10 h 00 dans la petite salle du BEI. Mon quantique prêt à travailler, le caillou sur la petite table de notre désormais salle d'études. Tous mes comparses sont impatients de savoir, entendre ou de comprendre ce qui s'est passé ces dernières heures. Les pièces reçues en cadeau sont sur la table. Maintenant nous avons 3 morceaux de bois issu d'un tangram et 2 pierres d'un jeu de Go. Je commence par poser une question, histoire de lancer le débat.

— Que vous inspirent ces nouveaux éléments ?

— Je suis catégorique, c'est encore le clan des Sept qui a fait le coup.

— C'est un peu court Rod, non, tu ne crois pas.

Une voix sort du caillou et un hologramme apparait.

— Pour moi. C'est Deux. Oui, le numéro deux, des Sept. Bonjour toutes et tous.

— Merci et bonjour Sophia. Dégaine Maritie, les autres se contentant de hocher la tête.

— Vous avez déjà oublié le nom du numéro deux ? C'est Circé. C'est bien elle qui a promis de nous créer des soucis. Regarder c'est pourtant simple vous avez tout ce qui vous faut pour vous mettre sur sa piste.

— Shit ! Elle recommence la garce, l'emmerdeuse.

— Phil arrête de me flatter. Oui, je persiste.

— Le tangram pour signifier qu'elle vient bien du clan des Sept et les pierres du jeu de GO. Je crois que….

— Oui 3A.

— Deux pierres pour le numéro deux du clan. C'est bien Circé qui est intervenue. Comment ? Je ne saurais le dire.

— 3A est réveillé. C'est bien Circé. Il y a plus d'indices que ceux que tu m'as énoncés. Regardez bien les images que notre Héléna a récoltées. S'il te plait Héléna.

Les images commencent à s'afficher sur l'écran face à nous. Comme j'en ai l'habitude, je lui demande de nous montrer toutes les images en même temps des différentes sources. Au centre, celles qu'elle a récupérées des caméras autour et le long de la Seine. Du côté gauche, les vidéos de Margaret et à droite celles des divers satellites.

— Héléna comme d'habitude à mon signal tu mets sur pause.

Des images, beaucoup d'images. Mes comparses sont totalement absents ou presque. Au bout d'un moment, ils ne se concentrent que sur une des trois diffusions. Le temps passe.

— Stop. Non ! Seulement l'image centrale. Vous voyez ?

— Ah les petits engins plats que ton araignée a fait décoller, ils plongent dans le fleuve.

— Oui Maritie. Héléna continue la diffusion centrale. Regardez l'action que vont faire les petits engins.

— Que vont-ils faire ?

— D'après toi Rod pourquoi ce matin il y avait tant de brume sur Paris ? Tu veux savoir, alors admire le travail de Circé.

J'ai donc commencé les explications qui me semblaient pourtant simples. Une première précision, c'est que ces engins, que j'avais identifié comme des mollusques, des coquillages sont surement des géants, des copies burlesques que notre vicieuse Circé a créés. Je suis parfaitement sure de moi, car elle a déjà confectionné une copie très ingénieuse d'un bernard-l'ermite. Donc ces engins, ces isopodes sont bien l'œuvre de cette femme.

Après réflexion, mes conclusions sur la disparition de l'eau qui coulait dans le fleuve se serait évaporée par l'action de ces isotopes. Ils seraient commandés par un vaisseau, par Chimère. Les images des satellites devraient nous le confirmer.

— Comment cela ? Les isotopes ont vaporisé l'eau ?

— Oui Maritie. Regardez les images ils sont des milliers. Et souvenez-vous de la brume épaisse de ce matin, sur toute l'ile de France.

— Shit !

— Comme tu dis Phil. Héléna avance un peu. Nous devrions voir les isotopes vaporiser la Seine. Sur les images des satellites, observez bien le moment où Circé apparait avec Chimère. Je suis convaincue que c'est bien elle.

— Putain tu as raison Mélissende. Tout cela est bien beau, mais tant que l'on ne saura pas comment elle a fait, d'où elle vient, ce qu'elle veut, et surtout ce qu'elle est capable de nous faire, de nous infliger, toutes vos théories ne mèneront à rien.

— Tu es devenu idiot d'un coup 3A. Observons, réfléchissons et comprenons enfin par déduction. Elle va forcément nous donner volontairement ou pas des indices.

— Toi d'un coup, tu es devenue plus intelligente qu'avant. Me lance 3A avec un ton dédaigneux et condescendant.

— Tu écoutes ou tu sors ! Après quelques secondes.

— Alors tu te décides.

— Je reste bien sûr, me réponds 3A avec en prime son air de chien battu.

— À la bonne heure. Circé nous a donné des indices, qui nous renseignent sur sa nature.

— Alors Mél, me demande, ma copine Sophia, avec sa voix interrogative et empressée.

— Écoutez voici les premiers éléments. Le radeau en forme de Un, le Bernard-l'ermite électronique, les chants de Baleines, les Isotopes droïdes, Chimère et Circé, tout cela vous font penser à quoi ?

— Pour Chimère et Circé, c'est trop vague, pour le reste, tes éléments, sont très aquatiques.

— Oui Phil tu as raison. Concernant Chimère, c'est un mollusque plutôt effrayant, c'est aussi une chose insaisissable. Circé, est une enchanteresse, une sorcière, qui, pour

Homère fait tourner la tête à ces marins. Je viens de vous faire un résumé, un condensé. Donc, nous devons nous attendre à ce que les attaques du numéro Deux de l'ordre des Sept utilise l'eau ou l'air avec toutes les technologies voisines qu'elle a déjà déployée.

— Mél, nous pouvons comprendre tout ça. Mais comment tu expliques que plus une goutte d'eau ne coule ?

— Héléna, as-tu une explication ?

— Oui Mélissende, comme tu peux en avoir une. J'ai pu me référer aux images et aux témoignages pour conclure. Un engin déploie une barrière d'ultrasons en aval de la passerelle d'Ivry-Charenton, en amont de la confluence de la Marne à la Seine au niveau du stade Henri Guérin. Pour éviter que les fleuves ne sortent de leurs lits, débordent, des centaines isotopes font évaporer l'excédant d'eau. Actuellement des attroupements de badauds, de Parisiens et de touristes ébahis et pétrifiés, regardent les nuages, la brume se former au-dessus de la capitale.

— Nous avons donc les explications, merci Héléna. Pour conclure et vous prouver que c'est bien l'ordre des Sept et que c'est Circé, l'instigatrice de ces évaporations spectaculaires. Le cadeau, vous vous souvenez ? Les pierres et le morceau de tangram.

Alors que mes compagnons acquiescent, je range les pièces reçues en présent. Je m'empresse de contacter la substitute. Il y a des décisions à prendre concernant le Marathon. Il est 11 h 08, à 14 heures le départ sera donné, ou pas.

J'annonce à Doriane que je suis en mesure de lui donner nos conclusions. Elle nous demande de la rejoindre dans son bureau sur-le-champ.

7.

J'ai toujours un immense plaisir de déambuler dans l'hôtel de Toulouse, j'aime y flâner, même si l'actualité ne s'y prête guère. Un jour, je devrais demander à Doriane de pouvoir visiter l'ensemble des 8 sous-sols qu'abrite cette demeure construite au premier milieu du XVIIe siècle.

La porte de la magistrate est restée ouverte. Sur les chaises autour de la table heptagonale prévue pour de courtes réunions, je distingue le commissaire, le pusillanime Préfet et une femme d'âge mûr aux épaules fortement sculptées au visage bien sec et buriné, qui m'est inconnue. L'hôtesse me presse de m'assoir d'un ton grave.

— Tu connais tout le monde sauf Madame la Directrice des polices européennes, elle est la supérieure du Préfet.

— Mélissende, s'il te plait. M'ordonne la magistrate.

— Que puis-je pour……

Je lève mon index droit, puis le pose fermement sur ma douche en regardant les membres de la table heptagonale.

— Nous avons un problème. Oui Héléna. Je fais signe à Doriane.

— Héléna demande si elle peut se connecter à votre poste. Elle agite sa main droite vers ces écrans pour me signifier son accord. J'en informe mon A.I. immédiatement une voix mystérieuse, anonyme se fait entendre.

— Vous avez apprécié ma surprise, la belle brume et la Seine à sec. Vous avez jusqu'à midi pour me donner votre décision. Je veux Mélissende d'Avicenne. Alors à midi, le fleuve aura retrouvé les méandres de Paris.

— Si elle refuse, ou si nous refusons, demande la responsable des polices européennes.

— C'est simple, je ferai entre 50 et 80 000 morts en une seule fois. Tic, tac, tic, tac....Les écrans se sont éteints et sa voix a disparu.

— Il nous reste 72 mn. Affirme la substitute. Votre avis Commissaire ?

— Il ne faut pas céder. Mélissende reste avec nous.

Je les écoute avec étonnement. Je décide donc de les laisser dire, débattre, supputer, parfois pour le Préfet, pérorer, car monsieur faisait le malin pour impressionner la baillive.

— Comprenez bien, Madame Håkansson que je ne veux pas mettre en danger une seule de mes administrées.

Les mâles se parlent, argumentent entre eux, en nous oubliant. Les deux femmes que je considère les plus lucides du groupe, se regardent, parfois tournent la tête vers moi, en levant les yeux au ciel pour signifier la désespérance que le sexe opposé leur inspire les hommes faisant parler leur testostérone, mais pas leur cerveau. Je regarde avec insistance mes congénères.

— Mélissende et vous. Me demande la baillive, que souligne la magistrate par un "Alors".

— Merci Mesdames, car les deux idiots n'ont encore rien compris. Je suis la seule à décider de suivre Circé ou pas.

Je vais donc accepter sa proposition. J'ai tant à gagner, à découvrir probablement à apprendre sur elle et les Sept. Mais ça les mecs ça vous dépasse. Déjà le pleutre ne servait à rien, maintenant c'est confirmé il n'y a plus de doute. Quant à toi 3A tu me déçois. Passons ! De toute façon c'est l'heure. Héléna pouvez-vous, toi et Margaret, essayer de me suivre, de me pister, même si je doute que Circé soit aussi stupide.

— Oui, je me mets en contact avec mon homologue britannique, je fais la même démarche avec Enos, l'intelligence russe.

— Ils ont de l'humour nos amis russes. Enos ! Oui pourquoi pas. Enos, est le nom de ce singe russe, le premier être vivant, un mammifère, à avoir réalisé un vol orbital autour de la terre, c'était en 1961. Héléna, tu nous fais le décompte.

— Oui Mélissende. Dix, neuf, huit,…….. »

Après être rapidement passée dans mon laboratoire, je me rends seule au point de rendez-vous. Je sors de la rue de l'Arbre sec. Le fleuve retrouve doucement, lentement son aspect d'origine. Il est 12 h 30. Je traverse la Seine par le Pont Neuf. Les animations et l'atmosphère festives du marathon semblent ne jamais s'être arrêtées. Le départ sera bien donné à 14 heures. Au loin, j'aperçois le lieu de mon rendez-vous. Elle a du gout, de l'humour et du toupet ? Circé pour choisir le Jardin du Luxembourg. Il y a toujours encore une brume légère par endroits. À l'entrée du Jardin transforme ma promenade en périple, je suis dans un décor d'un film de série Z. Les murs du Sénat, sont, à leurs sommets floutés par la vapeur d'eau échappée de la Seine. Il y a un silence presque inquiétant, seul l'écho des animations du Marathon résonne péniblement. J'entame l'allée de gauche pour longer le palais du Luxembourg. Des agents du BEI se font de plus en plus nombreux et toujours aussi peu discrets. Je poursuis mon avancée. Maintenant un policier, assis sur un banc, à la tête penchée en avant comme une poupée ou un doudou mou.

Le magnifique jardin parfaitement dessiné avec sa pelouse impeccablement tondue m'impressionne par sa beauté simple et efficace. Je me sens fatiguée. Les premiers papillons sont au sol sans prendre leur envol à mon passage. Un voile blanchâtre de 30 cm flotte à un mètre cinquante environ. J'avance péniblement. J'atteins difficilement le centre du jardin. Des agents et des policiers caressent la pelouse, respirent fortement, les yeux plongés dans la nuit, ils ne peuvent s'émerveiller de la blancheur des pétales des pâquerettes perlés de minuscules gouttelettes.

Je lève les yeux au ciel quand une gigantesque ombre ternit le parterre, une grande partie du parc. Je suis fatiguée, très fatiguée. Je sais bien ce qu'il m'arrive. Je ne peux lutter. Je vais dormir sur ce beau tapis vert, ce carré de fleurs blanches, qui n'attendent que moi.

— Chimère ! Mélissende est dans la coquille ?

— Oui Circé, je la remonte à bord.

— Je vais à l'arrière dans ma cabine. Tu l'installes, tu la bloques, puis tu la réveilles.

Depuis mes écrans, je surveille la mise en place paisible de mon invitée. L'éveil de Mélissende s'est effectué en douceur. Décidément cette fille est intelligente. Dès son émersion elle n'a pas cherché à se débattre, à se lever ou bêtement à s'enfuir. Je suis sous le charme de sa lucidité.

— Bonjour Circé et Chimère. Je ne me présente pas. Vous savez qui je suis. Que fait-on maintenant ?

L'intelligence artificielle et le numéro deux me répondent en ces termes :

— Oui, nous n'aurions jamais osé embarquer une autre personne que vous. Nous vous suivons depuis un long moment.

Nous allons nous promener. Peux-tu mettre le panorama pour notre hôte, nous allons en direction de Nashik.

— Oh ! Vous insultez mon intelligence, Circé !

— Pourquoi dites-vous cela ?

— Mais vous insistez. C'est outrageant. Oui vous demandez à Chimère d'aller à Nashik en Inde. Comme si c'était improvisé. Or, le peu de temps auquel j'ai pu vous étudier m'a appris que vous êtes une femme organisée. Utiliser la capitale au moment du Marathon pour susciter l'intérêt du Tout-Paris et du mien, puis faire direction vers le fleuve Godavari, après m'avoir embarqué, est loin d'être de l'improvisation.

— Je suis impressionnée Mélissende. Pourquoi donc croyez-vous que nous fassions route vers Godavari ?

— Oh non ! Vous insistez, franchement. Bon. C'est simple, votre dada, votre marotte, votre fil conducteur, votre péché mignon, si je puis dire, votre outil, c'est l'eau. Vous aimez sa fluidité, ses pouvoirs, sa consistance. Alors, vous la modelez, la vaporisez, la distillez, vous en séparez les molécules puis vous les utilisez comme bon vous semble. Allez stop.

— Je n'ai rien à ajouter. Je ne vous ferai pas l'affront de vous demander comment vous avez fait pour faire toutes ces déductions.

— La démonstration vous sera suffisante, Circé.

Chimère m'annonce que les heures qui vont suivre se feront auprès de Nyx et Morphée. Je commence à apprécier l'intérieur de l'engin. Mes paupières tombent doucement, inexorablement.

8.

Je ne sais pas si c'est Circé ou Chimère qui est au petit soin pour moi. Mon fauteuil est parfaitement adapté à ma morphologie. Je perçois une langoureuse musique carnatique me permettant de me sortir de ma sieste forcée. Chimère me fait entendre du Tâla et enfin des mélodies plus récentes, des airs du répertoire bollywoodien. Les parois de l'engin deviennent transparentes. Nous sommes au-dessus de l'Inde. Mais ce qui me surprend le plus, ce n'est aucun pays ou groupement, comme l'Europe ou le Moyen-Orient n'aient envoyé de chasseurs pour nous intercepter. Il faut que je satisfasse ma curiosité.

— Circé ou Chimère !

— Vous savez Mélissende, Chimère est une extension de moi, en gros c'est moi.

— OK ! Je n'ai que peu de doute. Je m'étonne ! Pourquoi nous n'avons pas été accueillis par les forces aériennes de l'Armée indienne ?

— Oh ! Mélissende, un effort !

— Non, vous avez amélioré le brouilleur de René !

— J'ai eu peur, Mélissende, que mon petit somnifère ait une action désastreuse sur vos capacités intellectuelles.

— Ce n'est pas votre extrait très concentré de valériane qui peut détruire ou perturber mes connexions neuronales.

— Je sais bien Mélissende. J'avais plus de doutes sur mes autres composants. Il y a deux protéines issues d'un gros cétacé et d'une étoile de mer qui permettent l'accélération puis la fixation de l'actif de la valériane afin de faciliter l'endormissement rapide et profond.

Nous continuons nos échanges. Chimère, son engin, suscitait de nombreuses questions sur sa capacité à voler. Circé me renseigne sur les facultés à naviguer et à se submerger. Alors que j'aborde le sujet de l'armement, Circé coupe court.

— Mélissende, passons aux choses sérieuses.

J'entends une porte s'ouvrir. Je sens mon fauteuil commencer à bouger. Il se tourne. Il fait un demi-tour. Je vois devant moi une somptueuse rousse parfaitement proportionnée. De suite, des chiffres la qualifient. Femme de 1m73, 62 kg, âgée de 37 ans de type Caucasienne, un subtil mélange entre des parents, Nordiques pour l'un et l'autre originaire du nord de la Méditerranée ou de l'Adriatique. Mon assise se déplace en fonction de Circé. Face à moi un fauteuil apparait, comme s'il sortait du sol, de la même façon qu'un siège gonflable, sauf qu'il est identique au mien. Elle se pose avec détermination face à moi.

— Chimère, s'il te plait, tu nous montres ! Mélissende aimerait bien voir ce qui va se passer.

— Circé ! Les forces d'interceptions indiennes sont en approches.

— Parfait, l'apéritif est bientôt en vue. Chimère, il y a combien d'appareils ?

— 8 chasseurs.

— Qu'allez-vous faire Circé ? Je ne suis pas dupe, mais la question me brule les lèvres.

— Non Mélissende, pas vous, maintenant. Vous savez bien. Je vais m'en débarrasser. Rapidement, Chimère tu coupes leurs systèmes électroniques. S'il te plait Chimère, soit polie, et demande-leur de bien vouloir renoncer à leur intervention.

J'entends la voix du chef d'escadron faire les sommations. Chimère répond en leur demandant d'abandonner. Alors répondent par la négative. Chimère neutralise tous les systèmes électrique et électronique.

— Regardez Mélissende, comme les huit chasseurs nous offrent un beau spectacle. Ils vont s'écraser au sol. C'est beau non. Et boum, boum !…

J'ai vu une femme se divertir en voyant les flammes, quand les avions touchent le sol avec leurs pilotes. Le débrayage électrique du siège éjectable reste inactif sans commande électrique. Huit morts en 30 secondes sans que je puisse agir.

— Chimère, direction notre objectif.

— Oui, j'ai bien compris, vous vous dirigez vers les bords du Godavari à Nashik. Ce sont les festivités de purification dans tous les fleuves sacrés d'Inde. Il y a des milliers de croyants aux bords de chaque fleuve.

— Vous avez tout compris. Ça va vous plaire, le fleuve est à son niveau maximum, nous allons plonger dans ce cloaque, y sortir face aux fidèles. J'en tremble de bonheur et d'impatience.

— Non ! Circé. Je lui dis, avec un peu de suppliques, une pointe de désespoir et de dégout.

Puis Chimère annonce :

— Circé, je plonge. J'ai scanné le fleuve, ce n'est pas de l'eau, mais une véritable déchetterie, presque toutes les substances chimiques connues sont présentes dans ce fleuve.

À l'instant, Chimère et nous, sommes face aux fidèles. D'un coup, elle surgit du fleuve, s'avance lentement au-dessus des hommes, des femmes et des enfants pratiquant le rituel de purification. Nous voyons parfaitement à travers les parois de l'engin, les visages sont figés d'étonnement pour certains et pour d'autres totalement transits d'effroi. Je les regarde, avec pitié se coller les uns aux autres, ne pouvant plus bouger, comme peuvent l'être des souris paralysées de peur par leurs prédateurs. Le sourire de Circé me consterne. Je ne veux rien laisser paraitre, mais si j'avais un peu de liberté, je me ferais un plaisir de la neutraliser. Son sourire grandit, il devient de plus en plus prononcé lorsqu'elle demande à Chimère d'envoyer le chant de Baleines. Je comprends immédiatement ce qu'adviendront les pauvres gens au bord du Godavari. Circé me regarde et rit.

— Vous n'allez pas faire ça Circé ? Je demande avec une pointe de renoncement.

— Bien sûr que si. Il y a bien…et Chimère annonce : 37 485 fidèles. Chimère faisons un 100 % et nous aurons une belle suite numérique récurrente alternée à 2 raisons. Que le show commence, le chant de baleines sur 9, à la puissance maximum. Ça va être grandiose.

— Vous allez tuer 37 485 personnes ? Je questionne sans attendre de réponse.

Elle ne me répond pas. Le son envoyé par Chimère est enveloppant sourd et fait vibrer tout l'engin. Le spectacle que m'oblige à voir Circé est scandaleusement effrayant.

Les animaux à proximité éclatent comme explosés de l'intérieur. Les derniers poissons du fleuve exposent leurs ventres sans bouger, seules les petites vagues provoquées par les pèlerins affolés et mourants font refléter leurs écailles argentées. Maintenant les vieillards et les enfants les plus chétifs sont submergés par leur cerveau bouillonnant. Les adultes commencent à ressentir les premiers signes envoyés par le chant de baleines. Des croyants se tiennent la tête en vacillant. D'autres plongent dans la sentine sans appréhension. Certains crachent du sang ou perdent du liquide cérébral par les oreilles ou les yeux. Les moins vaillants s'écroulent simplement donnant aux plus solides un tapis pour leur fuite, qui ne dure que le temps de l'espoir, puis finissent par revêtir leurs dépouilles à la place des offrandes. Au même moment, la lie du fleuve terreux trouve avec le rubicond dégoulinant, un mélange laid, répugnant et révoltant.

— Chimère, Chimère combien de morts, il y a le compte, on a fait 100 % ? Dis-moi, ne me fais pas languir.

Je regarde avec stupeur et effroi mon hôtesse qui jubile avec ostentation, vanité, orgueil et hystérie. Elle bouge dans tous les sens, tape sur le poste de pilotage avec vélocité.

La beauté que dégage ou dégageait Circé lors de son apparition est nettement ternie, son spectre ressemble plus à une femme acariâtre, défraichie, grise en surface et à l'intérieur. Je n'ai qu'une envie, c'est d'acquitter son péage à Caron, le nocher, pour qu'elle retrouve les limbes. Dans ma gorge, j'ai les effluves de ma dernière gourmandise à l'angélique, cette perception atténue ma colère.

— Circé nous y sommes presque.

— Comment ça presque !

— Il y a un jeune homme qui tente de s'enfuir. Regardez en haut à droite, il vient de sortir du charnier. Que fait-on ?

— Tu envoies un exocet.

— Un bleu ou un rouge.

— Un rouge, bien sûr, je veux 100 % et pas un presque 100 %.

Je vois partir un poisson volant version Circé. Le drone prend un peu d'altitude, il plonge, et fond sur sa proie, puis sa mâchoire d'acier grande ouverte se referme sur la nuque du malheureux en faisant gicler des jets de sang. L'exocet revient dégoulinant d'hémoglobine fraiche. Les yeux de Circé se remplissent de larmes de plaisir et de satisfaction.

La maitresse des lieux qui m'a totalement oubliée se sert un verre d'un cocktail bizarre, de couleur bleue, probablement du curaçao avec un alcool. Alors qu'elle entame le deuxième verre, elle se tourne vers moi et me propose son breuvage.

— Désolée Mélissende. Je dégustais ma victoire. Un verre de Blue Shark.

Et elle me tend un verre de sa boisson préférée en me libérant la main droite. Je saisis cette boisson qui me fera passer l'amertume du spectacle.

— Chimère ! Avons-nous un 100 % ?

— Oui Circé et en 6 minutes 28 secondes. Sept est fier. J'ai un message du maitre.

— Oui bien sûr Chimère, même Mélissende sera heureuse de l'entendre.

— Merveilleuse Circé, félicitations pour ce spectacle. J'ai suivi en live ton périple. En une sortie, tu as le record avec 37 485 victimes.

Tu égales, et même, dépasses la famille Proserpine. J'ai une douce pensée pour ton invitée.

Bonjour Mélissende. Je crois que tu as passé une bonne journée, car Circé est parfaite pour organiser des festivités. Mélissende on se retrouvera certainement.

Circé, félicitations mon enfant.

La rousse me demande si j'ai un commentaire à faire. Et je lui réponds que je serai ravie de rencontrer Sept pour mettre fin à son règne définitivement. Elle s'est mise à rigoler et en une fraction de seconde m'interpelle.

— Mélissende, j'ai une surprise pour vous !

— Je ne suis plus à une horreur près.

— Voyons très cher, j'ai fait profiter vos amis du spectacle.

— Comment ça, vous n'avez pas osé utiliser mes capteurs pour transmettre les images du charnier à mes connaissances ?

— Non, Mélissende. Mon champ de vision est bien large. Tes amis, tes connaissances, les autorités françaises, européennes, asiatiques, toutes les chaines d'info. Chimère, qui a le sens de l'à-propos a dédicacé les images au Premier ministre, au Conseil des ministres, à la Lok Sabha, à la Rajya Sabha et pour finir à la Cour suprême d'Inde.

— Circé, nous avons depuis la diffusion des demandes de reddition qui nous parviennent de toutes parts, mais particulièrement de l'Inde. J'ai envoyé les réponses de circonstances que nous avons élaborées et préméditées.

En voyant mon regard interrogatif, Circé ne manque pas d'y répondre.

— Chimère tu peux nous faire écouter la réponse type ?

— Nous ne faisons que passer, la prochaine fois ce sera pire.

— Circé ! Un comité d'accueil d'un escadron entier arrive sur nous. Dans 19 secondes, ils seront sur nous. Ils viennent de faire feu, avec 6 missiles.

— Enfin un peu d'action ! Déploie 12 exocets, 6 pour les missiles et les autres pour les taquiner. Maintenant, prenons de l'altitude et gagnons le large. Direction la mer d'Arabie, le golf d'Aden, le détroit de Bad-el-Mandeb, puis la mer rouge.

J'ai envie de distraction. Le détroit m'inspire. Pas vous Mélissende ?

— Moi non, vous certainement. Il est exact que la porte des lamentations vous inspire, connaissant votre âme noire.

— Vous me flattez.

Les caméras de l'engin filment la destruction des 6 missiles causant la perte de leurs bourreaux. Chimére plonge dans la mer d'Arabie toute proche. Au moment de la descente, j'imaginais que le contact violent aurait choqué tout l'engin. Mais contrairement à ce que je pouvais concevoir ou envisager, c'est un minuscule tressaillement accordé par mon siège. Comme ma curiosité était toujours autant aiguisée, je ne manquai pas de tenter quelques questions :

— Circé, de quelle matière est constitué mon fauteuil ?

— L'esprit de mon invitée a retrouvé sa vivacité.

— Je ne l'avais point égaré.

— Les assises de Chimère, pour faire simple, sont en silicone organe-stimulable.
Vous aviez remarqué que la matière s'adapte aux circonstances ainsi qu'à mes ordres. Exemple : Si je demande de vous bloquer entièrement. Chimère s'il te plait !
Le polymère m'enferme puis m'enserre avec une grande fermeté. Un peu plus de watts et elle est capable de m'étouffer.

— Merci pour la démonstration. Mais arrêtez de me prendre pour une idiote Circé. Je connais le polymère stimulable et organique. Mais vous avez innové en y incorporant d'autres éléments ? Je pense avoir des pistes, abreuvez mon intelligence.

— Vous avez raison, des nanoparticules dérivées de méduses incluses dans ce moelleux mélange permettent d'accélérer le processus de stimulation pour mieux interagir avec les ordres de Chimère, donc de moi. L'eau, la mer et l'océan nous cachent beaucoup de trésors, nous réservent de nombreuses surprises et nous offrent tant de possibilités.
Je me sens tellement frustrée. Je suis prisonnière de cette mégère qui est totalement imprévisible. C'est une psychopathe cultivée et extrêmement intelligente. J'ai, pour l'instant beaucoup de peine à mettre à jour sa faille, à évaluer son point faible. Ici sur ce fauteuil qui me bloque, qui m'enserre, mon cerveau est ankylosé, il manque d'oxygène pour s'exprimer totalement et parfaitement. Il faut que je sois libre, que je circule, que je bouge. Il faut toujours se méfier d'une idée qui nait quand on est assis.

9.

Je suis installée seule autour d'une table heptagonale dans le bureau de Doriane Figuéré, cinq galets avec son tapis dans mon sac et le quantique de Mélissende sur mes genoux. La substitute se tient debout, au garde-à-vous, droite comme un I, tendue comme une corde à son arc, elle très crispée. Moi je suis démunie sans ma copine Mélissende. Je suis inquiète, très inquiète, car cela fait 10 heures que je n'ai plus de nouvelles d'elle, depuis son escapade dans le jardin du Luxembourg. Je m'étonne d'être invitée par la Magistrature à une réunion qui, jusqu'à présent, est restée totalement secrète. Je me doute bien que cela a un rapport avec l'enlèvement de Mélissende par Circé. Mais dans quelle mesure cela est si important. J'ai bien entendu parlé du massacre des bords du Godavari, à Nashik en Inde. Cette extermination aurait-elle un rapport avec Circé et Mélissende ? J'ai tant d'interrogations.

Des pas dynamiques qui me semblent familiers s'approchent, c'est 3A qui passe la porte avec sa tête des mauvais jours, et Doriane qui le regarde à peine passer devant elle. Le commissaire s'approche avec une mine triste. Il a une facilité déconcertante de passer d'un visage déterminé, à triste, et maintenant, de triste à a désemparé. Alors qu'il est tout près de moi, je pose le quantique sur la table, et par réflexe, je me lève de ma chaise. Il me serre dans ses bras. Dans le couloir une voix de femme avec un accent prononcé des pays nordiques.

Ma joue collée à celle du jeune homme, je devine la fébrilité doublée d'une crispation exacerbée de la Substitute. Mon inquiétude grandie. Je repousse 3A et je dis avec inquiétude et désespoir :

— Non ! Elle n'est pas morte, pas elle ?

Le visage de la magistrate se tourne vers moi, celui du commissaire s'illumine d'étonnement, et la voix empreinte des tonalités vikings tranche le silence que j'ai instauré par mon affirmation.

— Non rassurez-vous Docteur Duprée Plessi, votre amie est en bonne santé, ou du moins, elle est en vie.

Elle nous invite à prendre place autour de cette table à sept côtés. Elle fait signe à la Substitute de fermer la porte.

— 3A, tu connais cette dame ?

— Maritie, je te présente Madame La Daillie.

— Je ne connais pas ce mot ?

— Daillie ou daillive, à l'origine, était l'épouse du dailli l'officier qui rendait la justice au nom du Roi ou d'un Seigneur. Par extension, l'Europe a créé un nouveau poste du fait des récents évènements, et Madame Tekla Håkansson est donc la première Directrice des Polices européennes. C'est de ce fait, ma supérieure.

Je pique un fard. Je dois être toute rouge de confusion.

— Je, jeeeeee, suis enchantée et gênée.

— Finies les politesses. Voici ce que nous savons. Madame D'Avicenne a été embarquée par un appareil piloté par une entité artificielle nommée Chimère et par Circé.

— Madame Håkansson, ça nous le savons. Mélissende les avait déjà identifiées.

— Oui désolée, Docteur. Madame Figuéré, pouvez-vous nous faire voir ce que nous avons reçu de Madame D'Avicenne.

Les premières images, avec le son nous parviennent par flux holographique, au centre de la table.

— Doriane, comment avez-vous eu ces images ?

— C'est Mélissende qui nous les fait parvenir, ou Circé, allez savoir ?

Nous regardons le film des évènements. Nous voyons parfaitement l'extérieur de l'engin, la navigation dans le fleuve avec sa pollution.

Nous observons avec effrois le carnage des pèlerins, le massacre de 37485 êtres humains. Le survol de l'Inde, l'envoi des exocets sur les missiles avec la destruction des 8 chasseurs de la coalition chino-Asiatique. Nous assistons à la balade de Chimère jusqu'à la mer d'Arabie.

Je me permets une remarque avec un peu de timidité :

— Ces images ne viennent pas de Mél, mais je suis plutôt encline à croire qu'elles proviennent de Chimère.

— Qu'est-ce qui vous fait dire cela, me demande avec dureté la Daillive.

— Si des images étaient issues de Mél nous aurions pu scruter l'intérieur de Chimère et aurions pu voir Circé de la tête aux pieds. Or ces images ne nous apprennent strictement rien. J'ai les mêmes sur les chaines d'info en continu.

— Eh bien Maritie, à force de côtoyer Mél, tu progresses. Me lance le bon commissaire.

— Non, je n'ai pas de mérite.

— Et pourquoi cela ? me demande Doriane.

— Simplement, nous étions, ou plutôt j'étais chez Mél lorsqu'elle se préparait pour son escapade.

— Et alors ?

J'explique en détail à 3A et aux autres comment Mélissende s'est préparée. Avec mes mots et probablement avec maladresse.

— Mélissende, a profité de cet ultimatum pour inaugurer quelques-unes de ses innovations. Pour que vous puissiez comprendre mes explications, elle vous a créé un petit tuto pour vous, les néophytes.

Me voici face une table d'opération, le bras caméra scialytique allumée, mon premier geste opératoire a été de placer une lentille caméra avec micro sur chaque œil. Cela a été simple. Le plus compliqué, surtout quand Mélissende dicte la technique, a été d'implanter une mémoire molle dans chaque caroncule lacrymale. Ne me demandez pas ce que c'est qu'une mémoire molle. Je ne sais pas.

Ce que je peux vous dire c'est que ça ressemble à un minuscule pépin souple d'environ 10 puissances -6 ou -7, oui un peu plus petit qu'un nano. Ce petit pépin est souple, malléable, flexible. Dans le labo de ma copine, il y a, heureusement, tout le matériel pour exécuter cette implantation difficile.

Une minuscule liaison filaire permet la mise en relation entre la mémoire et les nanos caméras.

La complexité fut le moment où j'ai dû ouvrir la petite poche graisseuse pour y placer le pépin.

Puis refermer sans provoquer de rougeur suspecte. Le plus stressant a été d'être sous le dictat de Mél. Une dernière précision pour cette première surprise, la mémoire, les pépins ont une capacité de stockage de 30 heures chacun.

Voulant connaitre les faits et gestes de Circé, la prisonnière s'est dotée de 5 chrysomèles. Oui je vois bien vos mines interrogatives.

Voici un nouveau tuto, et là, je laisse Mélissende vous expliquer.

Avant de mettre en route la vidéo, je sors de mon sac les galets que je place sur la table. J'ouvre le quantique de ma copine et place au centre de la table le tapis représentant un pentagone et à chaque angle de la figure géométrique un galet. Je lance le tuto. Devant nous des faisceaux de lumière se rassemblent, le tapis se meut, la figure de Mélissende apparait. Un hologramme parfait et solide nous salue.

— 3A et Doriane j'espère que les premières explications de mon amie Maritie ont pu vous éclairer sur mes intentions. Tekla Håkansson, vos jambes vont bien ? À vous autres cela vous a échappé à moi, non. Notre super policière inaugure les premières jambes bioniques. Madame la baillive est dotée en fait de nombreuses nouveautés. Les os sont en carbone avec des points d'articulation en titane.

Les tendons sont en résiline actif, et c'est là, la nouveauté, le tout est activé et stimulé par des impulsions électriques, distribuées par un réseau de microfibres optique.

— Comment a fait Mélissende pour deviner que nous serions que nous quatre ?

— Et qu'elle soit aussi bien informée sur la nature de mes jambes ?

— C'est simple 3A, elle a enregistré plusieurs versions et quand j'ai ouvert le quantique Héléna a scanné la pièce et mis en évidence les personnes présentes pour vous faire ce petit tour.

— Madame Håkansson, Mélissende vous donnera des détails à son retour, mais elle m'a simplement dit qu'elle a travaillé sur le projet du résiline actif lorsqu'elle était en Russie en collaboration avec des laboratoires internationaux.

Maintenant, laissons-la faire son exposé.

— Pour moi il était inconcevable que je laisse l'affreuse et son engin de mort disparaitre sans laisser de trace. Alors j'ai confectionné des mouchards.

L'holoskliros, c'est la contracture du mot hologramme avec le mot skliros qui veut dire en grec dur ou palpable. Je disais donc mon holoskliros vous montre une casside. Le modèle que vous observez est totalement naturel, c'est celle-ci que l'on trouve dans la nature et qui m'a inspirée. Elle est translucide et nerveuse. J'en ai imaginé une plus petite, plus discrète et chromatophore afin qu'elle puisse passer inaperçue. Ma casside est un nanodrone équipé d'une puce GPS et d'un micro avec un émetteur. Vous la voyez sur toutes les coutures face à vous. J'en ai dissimulé 5 sur tout mon corps, elles vont se faufiler dans tout l'engin.

Pour satisfaire l'égo et la suffisance de Circé, j'ai caché 2 microémetteurs et 2 puces GPS dans mes habits. J'avoue que je souhaite qu'elle m'ausculte, pour les découvrir. Je mettrai tout mon cœur pour les cacher visiblement. Oui, je sais ce n'est pas une formule d'un français parfait, mais vous avez compris l'idée.

Je vous quitte, j'ai un rendez-vous, le rendez-vous avec le diable, ou sa fille.

L'holoskliros s'éteint et je ferme le quantique de Mélissende. Je regarde autour de moi. 3A est peu surpris des intentions de ma copine, mais les yeux de Doriane et Tekla m'offre un spectacle étonnant, pour la magistrate un peu de surprise et surtout de la satisfaction. Quant à la Baillie, elle semble dubitative ou plutôt méfiante, étonnée et presque stupéfaite.

Madame Håkansson me demande, en plongeant ses yeux bleu gris dans les miens et avec une voix remplie de doutes et de suspicions

— Votre Mélissende a-t-elle dans ces habitudes de tout prévoir ?

— C'est tout à fait son genre, elle évalue, elle calcule, elle ressent, elle prévoit, elle planifie, elle prophétise, elle programme, elle se projette, elle anticipe, bref elle ne laisse rien au hasard, car même le hasard, elle le ou elle l'a prévu.

— Dites Docteur Duprée-Plessi, vous la connaissez bien votre amie.

— Oui !

Mon patch auriculaire vibre légèrement pour m'informer que l'assistante de Mélissende cherche à me joindre. J'accepte et la voix d'Héléna me demande de remettre en route le quantique, ce que je fais rapidement. 3A était déjà prêt à quitter les lieux, mais quand il remarque mon étonnement et ma manipulation, il se rassit immédiatement. Je replace un galet sur la table. Héléna apparait.

— Je reçois des images désordonnées de Mélissende. Sachez que je les enregistre et les traite en priorité.

Nous nous retournons toutes et tous à nos occupations.

Un bruit de fond trahit l'intérêt que porte Circé à sa personne, à sa tumultueuse personne. Madame pendant le voyage, regarde une grande chaine d'informations afin de se délecter des commentaires macabres.

Le détroit de Bad-el-Mandeb est bien triste, il y a peu de navires de commerce seules quelques flottilles de pirates venues d'Afrique le traversent. Circé et Chimère sont agacées par si peu d'action. La rousse décide de faire route vers un autre détroit plus au Nord-est qui relie le golf Persique et le golf d'Oman. Le détroit d'Ormuz est une cible parfaite. Il n'y a que 3 km de voie de circulation pour les navires qui transitent par ce détroit très fréquenté.

Chimère sort de la mer Rouge et prend la direction de La Mecque. L'esprit tordu et taquin de Circé nous conduit vers le golfe persique.

Ainsi le passage tumultueux de Chimère sur la ville sacrée a enflammé les esprits des autorités militaires et religieuses. Mais lorsque nous nous sommes positionnées à la verticale de Masjid al-Harâm des armes automatiques nous ont pris comme cible.

— Chimère dis-leur bonjour avec un chant de baleine niveau 4 ou 5. Ce sont des pèlerins, il faut être gentille avec eux !

— Circé ton comportement est étrange.

— Tu as raison Mélissende, j'avais oublié ton sens de l'équité.

— Non, ne fait pas cela.

— Pourquoi ? C'est toi qui me le suggères.

— Absolument pas Circé. Plus de 30 000 morts en une journée ne te suffisent pas.

— Chimère, tu envoies un chant à 9, pendant 2 secondes et on continue, en route pour le détroit.

La vision des gens, qui parfois sont venus de loin, voit leurs vies finir dans d'atroces douleurs. Il y a les vivants ou presque, les mutilés du chant de baleines qui devront vivre sans ouïes, avec des maux de tête ou des sifflements insupportables et perpétuels dans leurs oreilles. L'indulgence toute relative de Circé n'a fait que peu de morts et me fait froid dans le dos. J'ai une irrésistible envie, qui n'est contrôlée que par l'étreinte de mon siège, celle de mettre fin aux jours de Circé.

Pour agrémenter notre voyage à travers l'étendue désertique de l'Arabie Saoudite, Chimère nous fait voir une chaine internationale d'information en continu. Le commentateur avec ses différents spécialistes commente le massacre en Inde, puis enchainent sur l'évènement de la ville sacrée. Je regarde le spectacle de ces hommes, de ces femmes et enfants pour certains agoniser et d'autres morts le visage tuméfié par l'éclatement des vaisseaux sanguins ou l'écoulement du cerveau liquéfié sortant par les oreilles.

— L'engin, est une mauvaise copie d'une raie Manta boursoufflée, se dirige maintenant vers le détroit d'Ormuz par les dunes du désert d'Arabie.

Les mots utilisés par le commentateur ont mis hors d'elle Circé.

— Traiter ma Chimère de raie Manta boursoufflée, je vais leur montrer à ces cons ce que Chimère peut faire.

Le chant de baleines à la verticale de la Kaaba ainsi que notre traversée au-dessus des vastes plaines de sable de l'Arabie Saoudite font sortir les forces aériennes et anti aériennes de la coalition arabo-persique de leur torpeur. Les montagnes de Jabal al Hejaz sont le point de rencontre avec vingt Typhoons 2. En position de combat, la force de coalition enclenche les hostilités en nous envoyant simultanément et chacun d'eux un missile.

— Chimère, manœuvre de dégagement s'il te plait, mets-toi en altitude pour attirer leurs joujoux, puis tu propulses un gros coup de microonde. Je vais les griller, leurs petits amusements, leurs missiles. Tu descends à leur hauteur pour leur dire bonjour, tu brouilles leurs communications puis tu sors leurs trains d'atterrissage, ensuite tu coupes leurs électroniques.

Ils m'ont énervée, cela fait à peine 5 heures que nous sommes ensemble et je suis dans un état ! Je n'aime pas que l'on me résiste. Chimère, nous plongeons dans le détroit d'Ormuz. Dans la partie la plus exigüe. Regarde Mélissende, nous allons créer un tsunami juste entre l'ile de Larak et la presqu'ile de Kumzar. Maintenant Chimère, tu te stationnes au fond. Mélissende, écoute le bruit des hélices des bateaux de commerce ou des navires de guerre des USA, des Émirats et de tous ceux qui ont intérêt dans le golfe. Apprécie cette musique qui va se transformer en bruit de terreur dans un petit moment.

C'est alors que Circé se tait, plus une parole, plus un bruit. Un silence immédiat plombe la pièce comme dans un cénotaphe, une cave vide, un cercueil ou le fond d'une piscine. Seul le mouvement des eaux des deux mers se croisant dans ce détroit et cet enchevêtrement de courants caressant la coque de Chimère, nous offre la mélodie douce et enivrante des profondeurs.

Au bout de 45 secondes, Circé bouge avec délicatesse puis ordonne à Chimère qu'elle veut exécuter la manœuvre elle-même. Elle désire profiter du plaisir d'être la seule, l'unique, qui a créé le premier raz-de-marée intentionnel, sans explosion.

Alors que depuis plusieurs minutes elle ne s'était jamais assise ni détendue, sa voix se calme, les veines de son cou sont moins proéminentes, son visage se détend, ses traits deviennent lisses, son teint s'illumine. Elle se pose sur le fauteuil face à moi. Elle est calme, légère. À son ordre, une console de commande en verre capto-tactil apparait entre nous deux.

Elle empoigne ce verre que je ne connais pas. Il est modelable, car, quand elle s'en empare il se déforme, se tend se détend, il se courbe dans tous les sens. Je devine qu'elle s'amuse avec cette technologie pour m'impressionner. Au contact de ses doigts, la console s'illumine de centaines de microleds. J'avoue, je suis fascinée et bluffée par cette technologie. Il est vrai qu'en théorie ce type de verre pourrait être créé, mais aucune industrie ou université n'a encore pu en créer, ne serait-ce qu'un prototype. Mais elle l'a fait.

Elle me décrie étape par étape ce qu'elle fait.

Elle sélectionne le chant de baleines. Elle tape sur son écran pour en extraire une grande table de mixage avec 4 colonnes de 3 pavés de présélections. Elle suspend son index droit, les yeux levés au plus haut comme pour chercher dans son cerveau la bonne information, celle qui fera le plus de dégâts. Avec un sourire de satisfaction, elle pose son doigt vers la 4e colonne. Elle passe en revue avec son index chacun des 3 pavés. Sur le premier, il est noté ΤΣΟΥΝΑΜΙ 1908 ΙΤΑΛΙΑ. Sur le deuxième, je distingue ΤΣΟΥΝΑΜΙ 2004 ΙΝΔΙΚΟΣ ΩΚΕΑΝΟΣ. Sur le dernier, j'ai parfaitement deviné ce qu'il signifie. En fait les pavés sont progressifs dans l'horreur. ΤΣΟΥΝΑΜΙ. C'est du grec qui veut dire tsunami. En 1908, c'est la date cette catastrophe, en Italie, qui a fait près de 95 000 victimes avec sa vague d'à peine 13 mètres. Le pavé central, la prochaine calamité, c'est celle de 2004, dans l'océan indien, qui a détruit 230 000 vies avec une vague de 30 mètres. Plus elle s'approche du dernier pavé, plus son visage s'illumine et son sourire devient rire. Je ne peux imaginer l'intensité et l'énergie que Chimère doit déployer pour imiter la vague de la baie Lituya. Sur ce pavé, il est noté ΤΣΟΥΝΑΜΙ 1958 Αλάσκα pour cette montagne d'eau de plus de 500 mètres qui a déferlé sur cette baie d'Alaska. Pas de victime, sauf des bateaux qui naviguaient à proximité.

Circé veut provoquer un raz-de-marée avec 2 vagues géantes qui devraient submerger pour l'une toute l'ancienne Perse et pour l'autre toute la péninsule arabique.

Son doigt touche le pavé. Une couleur rouge sang éclaire de carré ; le chant sourd, profond presque intolérable retentit.

Circé éclate de joie. Le chant est puissant et persiste, se maintient et même s'obstine interminablement. J'ai du mal à me concentrer, car une douleur nait dans ma partie supérieure de mon lobe temporal c'est ma partie du cortex auditif qui est perturbé. J'ai peine à évaluer la durée de cette punition et du châtiment pour les populations de cette partie de la planète.

Plus le chant s'éternise, plus Circé jubile.

— Sept, mon mentor, mon père, c'est pour toi. C'est mon cadeau.

Je la regarde avec stupeur et dédain.

Brusquement sa plénitude s'estompe, son sourire disparait quand la pénombre s'installe autour de nous. L'éclatante Chimère se ternit, l'habitacle est irrésistiblement plongé dans l'obscurité, il ne reste plus qu'un maigre filet tout timide de lumière.

Alors qu'elle flamboyait de par ces cheveux roux et ses pommettes rouges de plaisir, maintenant son teint est profondément blanc et lugubre. C'est la première fois que je vois mon hôtesse paniquée. Cette sensation s'est accentuée quand Chimère annonce le déchargement prématuré des réserves d'énergie avec une voix nasillarde comme celles qui caractérisaient les premières voix de synthèse de la fin du XXe siècle. Elle est totalement affolée, pantelante et même désemparée.

Je regarde Circé avec mon visage autoritaire et lui lance affirmativement.

— Arrête le chant et dégage de là. La cinétique du tsunami nous causera des avaries. Dégage de là.

Circé me regarde et reste bouche baie. Le teint rosé qu'elle affiche normalement revient doucement.

— Chimère ! Tu as entendu Mélissende. Arrête le chant, on fout de camp.

— J'avais commencé à nous mettre en mode économie.

— Parfait ! Trouve-nous un plan qui nous évite les ennuis. Dissimule-nous et passe en mode furtif si tu peux. Mène-nous pas trop loin de la Blanche et près d'un endroit où l'on puisse débarquer notre invitée.

Les pâleurs de Circé et Chimère disparaissent lentement.

— Ciré ! Regardez sur les écrans, il y a des trois sardiniers et deux senneurs qui battent pavillon espagnol. Pour le mode furtif, nous devrons sacrifier la vitesse à son profit.

— OK ! C'est bon.

La voix de la rousse montre de l'agacement. Sa confiance en elle et son orgueil ont eu raison des capacités de Chimère. Elle en a conscience, cela la mine. Elle retourne dans sa cabine arrière. C'est de là qu'elle est apparue il y a plusieurs heures. Je vois son fauteuil face à moi disparaitre. À nouveau un calme m'envahit, les lumières de Chimère s'estompent.

Je me sens très lourde, je ne peux résister à la fermeture de mes paupières. Je pressens que les deux ou trois heures à venir, je les passerai, comme au départ de Paris, dans un profond sommeil. Ce sont mes dernières heures dans cet engin. Avant que je ne sombre dans une profonde léthargie, je libère mes espions, mes cassides vont se dissimuler dans tout Chimère.

— Avant que l'on se quitte, chère Mélissende, ne soyez pas surprise, j'ai neutralisé vos deux micros ainsi que vos balises GPS.

J'ai à peine compris, j'ai du mal à résister à la torpeur qui me submerge.

Une douce caresse chaude se promène sur mon visage. Des clapotis accompagnent, par leurs tonalités toniques et apaisantes, le lent chaloupage de mon fauteuil qui me sert pour l'occasion d'embarcation de survie. La mer est calme, paisible. Des sirènes retentissent au loin, celles de navires de guerre. Brusquement je suis tirée en arrière. J'entends des voix qui hurlent, leur espagnol est très râpeux, terreux comme les pêcheurs peuvent l'être de la région de Murcie.

Un énorme filet de pêche tombe devant moi. Je comprends ce que ces forçats de la mer veulent entreprendre. Un antique zodiac pétaradant me rejoint avec à son bord trois robustes marins.

Les deux plus jeunes qui se tiennent à l'avant chaussent des palmes et portent sur leur visage de simples masques ornés d'un tuba. Je me souviens des documentaires que me faisaient voir mes grands-parents Roger et Hélène. Ces courts descriptifs vidéos qui détaillaient les techniques de ces pêcheurs de perles. Mes grands yeux dévorant ces images, ces jeunes hommes maigres, mais tellement vieux et abimés par les plongées répétées depuis leur adolescence sont encore ancrés dans ma mémoire. La petite embarcation gonflable s'approche par ma gauche, elle est contre mon fauteuil. Dans leur espagnol méditerranéen, ils me demandent de monter à bord. Je m'exécute.

Les jeunes plongeurs se mettent à l'eau. Avec toute leur énergie, ils poussent mon siège de survie dans le filet. L'un d'eux fait signe de remonter l'objet et pendant l'ascension à tour de rôle, ils s'amusent à s'assoir dans ce qui fut de mon canot de sauvetage. Le filet et ses occupants sont maintenant sur le pont du bateau. Je m'éloigne pour passer à tribord où m'attendent le capitaine avec le reste de l'équipage. Le manque de nourriture, l'accumulation des "g" et des ascensions fulgurantes dans l'atmosphère et les descentes rapides, puis les plongées en eaux profondes, pour se sentir bercée par la Méditerranée, me provoquent des nausées, des vertiges, je me vois partir. J'ai une drôle de sensation, je sais, je perds connaissance.

10.

Une voix suave, connue, aimante prononce mon nom. J'entends mon amie de faculté, Maritie.
Cette douce femme, attentionnée fait honneur au serment d'Hippocrate. Outre d'être la digne
descendante de toute une lignée de médecins, elle est dotée d'une belle âme, d'une grande
générosité, d'une franche honnêteté et d'une sensibilité exacerbée. La sortie de mon malaise se
fait lentement bercer par la mélodie des mots que Maritie me susurre. Très vite, ce rassurant
adagio s'est transformé en un hallucinant presto, par l'intrusion de la musicalité des verbiages
saccadés de Sophia. Mes yeux ne font que confirmer la présence des deux femmes. Elles
étaient accompagnées de la fabuleuse Katinka. Elle aussi avait fait le déplacement, comme
Sophia, jusqu'au domicile de Maritie. La lumière douce de sa salle de consultations et de soins
me permet de finir mon passage dans les ténèbres de mon évanouissement prolongé à en croire
les mines réjouies des trois visages qui me scrutent.Sophia tend son bras et déconnecte
l'enregistreur de données médicales. Puis se porte sur ma gauche et retire la perfusion de
solutés de réhydratation et d'alimentation. Sophia n'a toujours pas fini de parler. Et Katinka
montre les premiers signes d'agacements. J'étais allongée sur le dos dans un lit médicalisé, ou
de convalescence en gel auto formant, chauffant ou réfrigérant et massant. Il est totalement
transformable avec peu de manipulations et de matériel. Je connais bien ce produit, c'est le
prototype que j'ai offert, avec son brevet, il y a plus de 1 an à ma copine. Depuis cette époque,
elle a joué au VRP avec mon carnet d'adresses. Depuis peu, ce confortable lit médicalisé est
fabriqué et distribué partout dans le monde. L'industriel a intitulé ce modèle le PLESSI-
DUPRE.

Me voilà fraiche et dispo. Je suis enfin prête à affronter les Sept et Circé. Je fais basculer doucement le lit vers la position verticale, me facilitant ainsi ma réadaptation à la station debout. Les trois filles me tendent leurs bras, de peur que je vacille. Jusqu'à présent, je n'ai pas dit un mot.

— Tu. Vas. Bien. Mél ? Tu réponds. Mais réponds. Enfin !

— Sophia, laisse là respirer.

— Merci Maritie. Je peux encore me défendre toute seule.

— Tu vois Sophia, elle est bien réveillée.

— Alors les filles vous n'avez rien d'autre à faire que de me servir de béquille.

— Ah là, je confirme ! Elle est bien réveillée.

— Oui je suis réveillée, Katinka. Mais vous, vous êtes bien endormies. Allez, on se bouge. Il y a tant à faire.

— Et un merci, ce serait trop te demander Mél ? Lance Maritie, avec cette voix, un peu triste, teintée d'une pointe d'amertume que je connais bien.

— On fait dans les courbettes maintenant, alors qu'il y a eu tant de morts et que la criminelle vogue ou vole en toute liberté. OK bon ! Merci Maritie et les filles.

— Tu viens de sortir de ton malaise, que veux-tu faire immédiatement ? Que veux-tu que l'on fasse ? Me demande Katinka avec empressement.

— Nous allons dans mon labo.

Je tapote sur mon bras pour connaitre le jour et l'heure de ma petite renaissance. Je constate que je viens de passer 11 heures dans les vapes et qu'il va faire nuit dans les minutes qui suivent. Après ce constat, je me ravise et je les invite toutes les trois chez moi.

J'ai les idées confuses, l'hypnotique que Circé m'a fait respirer était plus puissant que celui que j'ai humé dans les premières heures de mon enlèvement. Il faut que je me remette en forme. Je décide de faire un footing sur les bords de Seine.

D'elles-mêmes, les deux complices ? Maritie et Sophia se sont proposé de s'occuper du repas du soir.

Quant à Katinka elle se joint à moi. Pendant près de 30 ans cette Russe était un homme, même si elle est maintenant une femme et malgré les nombreux traitements aux hormones, elle garde de bonnes qualités athlétiques d'ancien sportif. Je vais souffrir durant notre sortie.

Nous commençons doucettement, en remontant le long de ce beau fleuve que les Parisiens aiment tant. Le jour se fond dans les traits suaves de la nuit naissante qui ne tarde pas à s'emparer des minutes suivantes. Le voile du crépuscule pose inexorablement son ombre sur la capitale. Des minuscules myriades de points de lumières multicolores, comme des lucioles s'échappent du fleuve pour survoler le cours d'eau et ses rives.

Un peu plus tard, au fil de notre course, des nuages de boules bleues plus grosses que des luciférines bactériennes tournoient, virevoltent. Étranges phénomènes que ce ballet de lumière au coucher du soleil. Une terrible aperception m'envahit. Circé aurait-elle laissé sa trace maléfique et diabolique comme ces bactéries bleues venant de l'enfer. La conversation de Katinka m'est à peine perceptible. Elle pense en russe et à voix basse. Elle mange ses mots. Malgré tous mes efforts, je n'arrive pas à la comprendre. Cependant, après ce festival de couleurs qui se poursuit loin devant nous, je comprends que les boules de petites lumières bleues ne sont pas dues aux réjouissances du Marathon, et à la liesse d'avoir retrouvé la Seine, mais bien aux débordements démoniaques et pervers de la rousse.

Avec son accent, Katinka commence à avancer une théorie.

— Mélissende, je pense que c'est Circé qui nous a fait un clin d'œil avec les lumières bleues.

— Ah parce que toi tu appelles cela un clin d'œil. C'est de l'humour russe. Mais pour Circé tu as raison.

— Mélissende, je connais cette biotechnologie. Nous l'avons développée dans le labo du centre de formation du renseignement extraterritorial Vladimir Poutine.

— Je connais ce centre. En quoi cela nous fait avancer, Katinka ?

— Tiens, pour une fois tu poses une question à laquelle tu ne connais pas la réponse, c'est bien la première fois.

— N'en rajoute pas.

— Tu permets que je déguste ce petit plaisir, Mélissende ?

— Tu es tellement satisfaite de toi, que je devine ce que tu vas me dire ou me révéler.

— Essaie donc, petite maline. Me dit Katinka, accentué par son petit sourire moqueur.

— Tu as une petite idée, ou de fortes présomptions sur l'identité des personnes qui pourraient avoir eu accès à cette bio technologie. Je te connais trop bien. Ton maillage d'espions et d'agents de renseignements sur toute la planète s'est introduit partout pour que rien ne t'échappe. Alors ma déduction reste simple, pour ne pas dire simpliste.

— Tu es ...!

— Oui ! Je sais, c'est énervant pour les autres, mais pas pour moi. Tu vas nous expliquer tout cela, mais pour l'instant on court.

— Il est probable que nous en discutions, si cela s'avère pertinent.

Nous voilà toutes deux sur le retour à faire placer des accélérations pour faire douter l'une puis l'autre. Ce jeu, nous l'avions pratiqué lors de mon long séjour en Russie. Séjour où j'avais fait la connaissance de Katinka qui dispensait des cours à l'université auxquels je participais. Ces cours et les débats qu'elle animait ont été les prémisses d'une future amitié.

Le stress accumulé au contact de Circé et Chimère s'est en partie évacué lors de notre sortie le long de la Seine. J'ai, à notre retour dans mon appartement demandé à Katinka de nous déstresser.

La pièce réservée au sport, j'ai défait mes cheveux, ma tresse se déroule délicatement. Je passe longuement mes doigts dans cet entremêlement partiellement défait. Je regarde avec tendresse la jeune femme russe, qui me tourne le dos. L'insistance de mon regard porté sur elle a suscité une réaction de gêne, le sentiment d'être épié. Lentement, elle se retourne et croise mon regard.

Elle me répond par un sourire. Un souvenir me revient, celui de ce sourire qui invite à la tendresse.

J'ai fini par être totalement nue. Son regard est maintenant resté sur moi. Je me sens encore plus dénudé, c'est une perception qui me fait frémir de plaisir. Je me glisse sous la douche. Les mignotises de la douceur de l'eau m'envahissent. Des mains se posent sur mes hanches et glissent jusqu'à mon nombril. Par un mouvement brusque, le corps ferme de ma copine se colle à mon dos. Sa langue lèche le lobe droit de mon oreille. Ses doigts lentement se déplacent comme les pattes d'un myriapode vers ma poitrine qu'elle empoigne d'une main experte. Cette femme était un homme, elle dispose donc de toutes les qualités pour satisfaire tous les plaisirs, tous mes plaisirs.

Mes seins sont tendus, durs, et mes tétons se dressent aussi raides que des bourgeons sortant de terre. Une chaleur envahit mon bas-ventre, ma tête tombe en arrière sur son épaule. Elle profite de l'aubaine pour placer sa bouche sur la naissance de mon cou. J'ai de plus en plus chaud. Je sens son corps frémir de bonheur. Je n'en peux plus de me contenir. J'écarte ses bras doucement et par un mouvement ample et érotique, je me glisse entre ces jambes pour me coucher sur le dos. Mes bras tendus vers elle l'invitent à en faire autant.

Son regard devient ludique et son sourire laisse passer un râle de plaisir. Elle a parfaitement compris mes intentions et nous nous retrouvons avec nos visages entre les cuisses de l'autre. Par saccades intenses, la jouissance arrive rapidement. Le bouquet final ne tarde pas, et, en son point culminant nous arrivons presque à nous étouffer simultanément tant nos cuisses se raidissent.

Mon soupir précède celui de Katinka qui est interrompu par la sonnerie de son smart.

J'ai un grand sourire en entendant la mélodie de sa sonnerie. Ce sont les premières mesures rythmées de l'hymne russe interprété par Isinbayeva rocks.

— C'est mon bureau. La récré est finie, Mélissende.

Je sors de la salle de douche. Pour moi c'est consommé. J'ai joui, c'est tout.

— Tu nous rejoins !

Nous voici toutes les quatre autour de nos assiettes. Sophia et Maritie avec un hamburger végétarien accompagné d'une salade de jeunes pousses.

Katinka, elle, s'est orientée vers un plat de boulettes de viande cuisinées à la russe, et pour moi ce sera un grand plat de divers insectes grillés. Pour tout le monde, trois grosses carafes de Soupir d'été, Maritie, a appris très vite à en préparer.

En avalant une boulette de viande, Katinka nous montre par un geste de sa main droite qu'elle veut nous parler.

— Il n'y a pas 20 minutes, le bureau m'a appelée.

— Oui et alors. Tu es quand même sous-directrice des services de renseignements russes. Il n'y a rien d'étonnant à cela.

— Comme tu dis Mélissende. Mais cela concerne Circé. J'ai du nouveau. Je vous fais grâce des méandres des relations plus ou moins obscures entre nous et les différents pays asiatiques. Nos services en Inde ont récupéré un exocet laissé par Circé lors de l'attaque sur les bords du fleuve. Il nous arrive dans la journée de demain. Il devrait nous révéler bien des secrets.

— Et vous, Européens, vous n'avez rien ! Comme d'habitude.

— Sophia, je ne sais pas. Je vais demander à Doriane si elle peut nous avoir des éléments. Avant mon envol, j'avais imaginé que Circé n'allait pas nous laisser beaucoup d'éléments pour se rapprocher d'elle, alors j'ai demandé à Marie d'aller renifler sur les bords de Seine et dans le jardin du Luxembourg. Elle vient demain. On en saura plus à ce moment.

— Avec l'exocet d'Inde, les reniflages de Marie, les images et ce que les autorités françaises ont pu récupérer, nous devrions avoir de quoi avancer. Héléna peux-tu faire la demande à Doriane, au BEI et à Tekla de rassembler tout ce qui en relation avec Circé et de m'envoyer le tout, pour demain ici, rue de l'Arbre Sec.

La soirée ne s'est pas éternisée, Maritie a accueilli pour la nuit Sophia et j'ai gardé Katinka. Nous allons nous trouver tous demain à 9 heures.

11.

Nous nous retrouvons toutes les deux à l'aube pour descendre les rives de Seine pour s'imprégner des senteurs, de la luminosité, des visages gais ou non, de ces matins frais, mais ensoleillés de printemps. Notre petite course en mode décontracté nous permet de faire le point sur les derniers évènements et surtout d'échanger nos conclusions que la nuit a permis de distiller. Maintenant l'aurore nous permet de finir notre réveil. Je discerne, comme j'ai pu le ressentir dans Chimère, des tressaillements qui partent de la C1 à la C5. Pourquoi cette sensation étrange ? Nous avons fait 4730 mètres. Depuis 60 mètres, il ne reste plus qu'un picotement devenant de moins en moins perceptible, à chaque pas. J'arrête de courir. Katinka n'entendant plus mon léger souffle se retourne et revient sur moi.

— Que t'arrive-t-il, Mélissende ?

— Je retrouve les mêmes tressaillements que dans l'engin de Circé. Il y a quelque chose qui me procure ces tressautements.

— Je savais que tu étais étrange, mais là, c'est bizarre, très bizarre, Mélissende.

— Ce n'est pas « Drôle de drame», Katinka, il y a un objet qui appartenait à Chimère pas loin.

Je marche sur mes pas et au point exactement où mes soubresauts, mes spasmes ont été culminants, me sont apparus, je stoppe net juste sous le pont de Bir-Hakeim.

Ici, c'est ici, pas loin. Je monte les escaliers qui mènent à l'ouvrage à deux niveaux. Ma nuque tiraille de plus en plus. Katinka médusée me suit sans broncher. Je me tiens l'arrière de mon cou, la douleur est intense. Je m'affale contre le troisième pilier de fonte soutenant l'édifice ferroviaire. Je lève les yeux et tends mon bras gauche vers le haut. Katinka se place derrière moi et pointe son regard vers le tablier d'acier que désigne mon index.

Encastré dans le métal, un Isopode égaré. Avec peine je vois ma copine téléphoner tout en m'observant avec un air inquiet.

— Maritie, s'il te plait. Mélissende fait une crise comitiale et nous avons trouvé un petit engin coincé dans la structure du pont Bir-Hakeim.

Je n'entends pas la réponse, mais au hochement de tête, je comprends que Maritie rassure Katinka et à la vue de son visage qui s'illumine, je me dis que Maritie a su distiller des mots rassurants. La conversation téléphonique n'était pas terminée qu'au loin les sirènes des urgences et de la police se faisaient entendre. Les ombres des premiers drones se dessinent sur le sol.

La police boucle le secteur. L'accès au pont est strictement interdit. Les services de secours se pressent autour de moi. Je leur fais signe que je n'ai pas besoin d'eux. Un médecin s'approche avec un pistolet épidermique. Il ne veut rien entendre de mes refus. 2 infirmiers veulent me saisir, m'immobiliser alors que je suis encore assise. Ils me soulèvent doucement le long du poteau en fonte. Le docteur devient de plus en plus menaçant. Je fais une dernière remarque et un dernier avertissement avec une voix plus persuasive et plus forte.

Katinka met fin à sa conversation avec Maritie en concluant par ces mots.

— Viens vite, Mélissende va faire une bêtise.

Maintenant je suis debout, un infirmier de chaque côté, le médecin face à moi.

— Madame, il va falloir vous laisser faire. C'est une petite piqure de rien, elle vous fera du bien.

— Non monsieur ne faites pas ça ! Dis la Russe, d'une voix presque masculine.

Le médecin tourne la tête à gauche vers la voix qui l'interpelle. Je sens l'étreinte des mains des infirmiers moins forte. Je profite de ce moment pour me faire tomber brusquement et glisser entre les jambes du médecin et de lui asséner un fort et grand coup dans les parties génitales. Les infirmiers voyant le médecin se tordre et l'entendant hurler relâchent fortement leur étreinte. C'est ainsi que je leur fais profiter à eux aussi du geste brusque dans leurs entrejambes. J'empoigne les têtes des infirmiers pour frapper celle du médecin.

C'est un geste facile, les trois hommes étaient à la même hauteur et bien trop occupés à se tenir leurs trois pièces douloureuses. Des policiers s'avancent rapidement vers nous quatre. Une voix féminine que j'ai tout de suite reconnue se fait entendre.

— Stop Messieurs. Vous laissez Madame D'Avicenne.

Les policiers se figent net sous les ordres secs de Doriane Figuéré.

Derrière elle, l'acariâtre irlandais et le benêt grec se rapprochent de moi pour me soulever, me remettre sur pied.

— Oh ! Les idiots de service, ce n'est pas moi qu'il faut empoigner, c'est l'isopode coincé sous le pont ferroviaire. Regardez là-haut.

Doriane ! Je le veux chez moi. Et pas demain.

Vous faites quoi ! Allez vite. Vous attendez que le soleil se couche ?

La substitute et les deux agents du BEI s'affairent au téléphone en donnant des ordres tous azimuts. Mon esprit est vif. Katinka n'a plus dit un mot. Elle a simplement observé la scène avec un sourire non dissimulé, presque moqueur. Je reprends, avec ma copine, le chemin de la rue de l'Arbre sec en faisant un signe de désabusement avec ma main gauche tout en trottinant. Nous laissons la bande d'abrutis se dépatouiller avec l'isopode et Doriane reste sur place à les orchestrer.

— Tu n'as pas été tendre Mélissende avec eux. En revanche, tu m'as fait rire.

— Parfois ils m'énervent tous. Le médecin qui veut me faire une injection sans prendre soin de lire mes antécédents. Il m'a franchement mise en colère.

— Oui j'ai vu et lui, eux, ont bien senti, ton énervement. Cela a été un grand moment. Rien que cette scène valait que je vienne à Paris.

Je tape sur mon implant audio pour écouter l'appel de Doriane, qui me confirme que l'engin sera chez moi dans une heure maximum. En arrivant à deux pas de ma rue, accompagnée de Katinka, au loin, Marie marche et s'avance paisiblement.

— Tu vois cette fille qui arrive doucement vers nous. Alors elle, c'est un phénomène. C'est Marie.

Marie m'embrasse et tend la main à Katinka.

— Bonjour monsieur, dit-elle à Katinka

— Non c'est madame et je me nomme Katinka.

— C'est vous qui le dites. Vous avez beau faire, vous êtes un homme avec son odeur, toute son odeur, rien que son odeur et celle des hormones de synthèses, les bios identiques, les THS qui vous ont transformée en un sexe neutre.

— Je t'ai dit qu'elle était incroyable.

— Pour l'instant rien d'extraordinaires Mélissende et Marie.

— Elle le fait exprès, lui. À chaque fois les gens doutent, il faut que j'en dise plus. Alors tant pis Katinka. Il persiste en toi une subtile odeur d'urine de jument Orlov due à ton traitement au Premarin, l'hormone bio identique d'œstrogène. Ça te suffit ou je continue ?

— Non merci. C'est bien.

— Allez ! Assez jouer les filles, nous avons du travail. Regardez, il est tout juste 8 heures que Sophia et Maritie sont déjà postées devant mon immeuble.

J'ouvre la porte du premier sous-sol, l'étage de Léonie, de son laboratoire. Depuis cette époque, chacune de mes parentes y a insufflé leur personnalité. C'est un immense plateau où, en son centre est disposée une salle de verre à opacité contrôlée. Dans cette atmosphère feutrée, une table rectangulaire de bois brut posée sur trois gros pieds piliers s'impose comme une œuvre, une histoire.

Frappée à ses quatre coins les symboles de l'air, du feu, de l'eau et de la terre. Magistralement, au centre le symbole de la quintessence, le ruban de Mödius et le chiffre 5, définis par des pièces de bois de tons et d'essences différentes. Autour, douze fauteuils Swan du designer danois, Arne Jacobsen, que Léonie avait modifiés pour qu'ils soient en lévitation. Troublants mélanges de styles et d'époques que ma pétulante et cabotine ancêtre avait opérés dans cette salle.

Je convie donc sèchement mes collaboratrices d'enquêtes à prendre place.

— Héléna qu'as-tu pour moi à cette heure ?

— Magaret et Enos ont été particulièrement prolixes, quant à nos IA locaux, j'attends toujours que le BEI me transfère ses données.

— Montre-moi les images d'Enos et de Margaret. Sur la paroi de verre énorme de l'une des deux largeurs de la pièce apparaissent, côte à côte, les 2 vidéos.

— À gauche. Oui je sais. Réponds Héléna.

— Elle est de plus en plus performante, ta, ton Héléna ?

— C'est une intelligence artificielle qui porte bien son nom. Tu as remarqué cela Maritie, ton cas, n'est pas aussi désespéré que ça.

— Les vacheries commencent. Mélissende est à point.

— Merci pour cet éclair de génie de Sophia. Héléna aurais-tu l'obligeance de démarrer. Les filles ne commencez pas à me taquiner, je ne suis pas d'humeur.

— Enos nous a rapporté les images d'Inde qui sont à droite et celles rapportées par Margaret du détroit sont à gauche.

— Merci, tu peux mettre celles que j'ai moi, enregistrées depuis l'intérieur de Chimère.

— Oui je peux, mais je ne le ferai pas, car elles contiennent bien trop d'informations. Elles seraient polluées par celles d'Enos et Margaret.

Les deux services affichent presque des prises de vues identiques qui n'apportent rien d'édifiant pour comprendre.

Les satellites ayant des missions différentes et des secteurs stratégiques définis avec des fenêtres de vues précalibrées nous ne voyons que des morts pour l'Inde et la fin du raz de marée pour les images de Margaret.

— Mon satellite ne sert à rien.

— Que tu dis, Katinka.

— Enfin Mélissende, elle a raison, confirme Sophia.

— Mais vraiment c'est vous qui ne servez à rien. Il ne faut pas voir ce qui est visible, mais ce qui ne l'est pas.

— Moi je sais.

— Et moi aussi.

— Deux sur quatre. La première, Maritie, tu dis ?

— Ben non.

— À toi Marie.

— Il n'y a rien, car ta salope s'est arrangée pour ne pas se faire voir.

— La chance de la débutante !

— Remballe ton égo Maritie. Reconnais qu'elle a vu juste. Oui ! C'est parce qu'il n'a rien à voir, non c'est parce qu'elle ne nous a rien montré que cela nous apprend que Chimère ou Circé planifie tout, ou qu'elle a de la chance.

— Et tu crois vraiment qu'elle n'a que de la chance !

— Non, Katinka. De ce que j'ai pu voir de l'intérieur de Chimère et du comportement froid de Circé, il y a peu de place à la chance. Cette fille est brillante, machiavélique, égocentrique, narcissique et caractérielle. Ses grandes capacités intellectuelles cachent aisément les autres traits, mais très vite, quand un évènement vient perturber ses rouages, elle disjoncte. Et là, elle est capable du pire, et des plus graves atrocités, sans l'ombre d'un remords.

— Mélissende veux-tu que je passe les prises de vues que tu nous as ramenées de Chimère.

— Bonne idée, Héléna, j'allais t'en donner l'ordre. Envoie ! Et n'oublie pas toutes les prises audios.

Les images s'incrustent sur l'écran de verre et le son remplit la chambre de la Quintessence.

— Héléna as-tu pu modéliser l'intérieur de Chimère ?

— Non, pas dans en totalité. J'ai traité et remastérisé les images, travaillé les sons. Le tout en cours de modélisation. Dès que j'ai finalisé, je vous le notifie.

L'intérieur de Chimère réserve bien des surprises. Son pupitre est d'une très grande sobriété, lisse, blanc très blanc. Le design est épuré et souligné par des courbes reliées entre elles, il n'y a aucun angle, aucune pointe. Rien, tout est rondeur ou en courbure. Cette vision est reposante. C'est incroyable, comme l'antre de la bête tranche avec son potentiel de destruction. L'écran ne montre que les commandes visibles. Personne, seuls mes mouvements brusques permettent de deviner que je suis vivante, mais aussi ou encore inconsciente. Le temps passe. Les images sont plus figées, moins ballotées. On comprend que très vite Mélissende se réveille. Il a fallu que peu de temps pour sortir de la léthargie provoquée par le puissant hypnotique en aérosol. Il fut tellement puissant que cinquante mètres autour de Chimère, au jardin du Luxembourg, toute vie s'était endormie, plongée dans une profonde torpeur.

— Marie, peux-tu me dire de quoi était composé ce fameux hypnotique ?

— Un petit tour dans ton jardinet a vite reniflé les essences qui étaient encore présentes, bien que très volatilisées par le vent. Il en résulte une très dominante odeur d'arachide, secondée par les essences de base que sont la passiflore, la valériane et une odeur que je connais bien, malheureusement pour l'avoir croisée dans la pharmacie de ma grand-mère. Je veux parler des benzodiazépines dont je connais la puissance hypnotique. Ces molécules peuvent engendrer à l'homme et à certains êtres vivants un profond sommeil. La valériane et la passiflore sont des prédicants pour des tisanes du soir, l'arachide quant à elle je l'associe à la cacahouète salée d'apéritif ou en huile.

— Merci, Marie, je t'explique comment toutes ces molécules agissent.

— Oui je veux bien Mélissende.

— La valériane et la passiflore sont deux anxiolytiques et la cacahouète aide à transporter la sérotonine et la mélatonine dans le cerveau afin d'accélérer l'endormissement de par le tryptophane qui est un acide animé présent dans cette arachide.

— Merci Marie et Mélissende.

— Oh je n'ai pas fini Marraine.

— Il y a une autre odeur.

— Oui ! Laquelle Marie. Je n'aime pas attendre, cela a tendance à m'énerver.

— J'y viens Mélissende. De l'eau salée. Pas n'importe quelle eau. Chaque océan, chaque mer ou secteur dans chaque étendue d'eau à ses caractéristiques.

— Oui tout le monde sait cela, ou presque. Il y a des compositions chimiques et biologiques différentes par étendues d'eau salées ou non. Cela semble tellement évident.

— Ton Héléna peut afficher un planisphère ?

Marie se poste devant la carte. Décris 3 petits cercles incluant une grappe d'îles au bord des terres de Turquie, l'autre à l'est de la Russie dans la mer D'okhotsk et son ile de Sakaline puis la dernière dans la mer du pacifique sud, en Polynésie française. Marie nous renseigne que dans ces secteurs est présente une odeur suavement verte et iodée.

Katinka demande comment fait Marie pour identifier une couleur à l'odeur. C'est Maritie qui lui répond en expliquant que Marie identifie aussi les différents métaux. Alors les couleurs ! C'est un fait et cela reste un mystère. Sophia enchaine par une question simple qui consiste à lui demander à quoi correspond cette odeur suave et iodée.

Marie développe en précisant que dans ces eaux il y a la présence de la caulerpe grain de raisin du nom grec Caulerpa Rasemosa et de sa cousine la Calerpe Lentillifera, que les Asiatiques du côté d'Okinawa surnomment caviar vert et pour d'autres groseilles des mers. Elle nous explique avec passion comment elle détermine la provenance de l'eau qui dépend de la saison, donc de l'évaporation, du taux de salinité, de la composition minérale, surtout de la concentration en magnésium, des courants et des diverses aquacultures. Elle en revient inexorablement à ces 3 groupes.

— Pour avoir suivi des rapports sur les cultures aquatiques, le Japon et la Polynésie ont fortement démocratisé la culture de la Calerpe Lentillifera. Je me souviens d'une société pharmaceutique qui avait implanté deux centres de recherche, l'une à l'Est de la Russie et l'autre dans l'archipel d'Arki. Je me souviens plus de l'endroit exact pour ces deux localisations. Mais je vais me renseigner.

— Oui, renseigne-toi, Katinka.

— Héléna, peux-tu faire des recherches sur cette entreprise ?

— C'est en cours Mélissende.

— Marie, tu peux préciser les secteurs ?

— Non là franchement Mélissende, avant que je donne ces 3 positions, vous n'aviez rien.

— OK c'est bon, avec ces positions et les implantations des centres de recherche nous arrivons à déterminer un lieu !

— Mélissende !

— Oui Héléna, Enos vient de me donner le nom de l'entreprise et des centres de recherche. Ce n'est pas une entreprise, mais — une fondation ; la fondation Kelly. L'ile de Sakaline en mer D'okhotsk a abrité de 2030 à 2037 le premier module de recherche sur ces algues, ce qui a permis de construire deux autres centres. Celui de Polynésie tourne toujours, quant à celui situé en mer Égée il a été abandonné en 2045 après 10 ans de service.

— Elle est bonne ton Héléna, cela ne nous avance à rien. Lancent de concert Marie et Katinka.

— Allez prendre un cocktail de vitamines les deux béotiennes.

— Pourquoi tu dis cela Mélissende ?

— Vraiment ! Il faut tout vous dire les filles. Dans quelle mer ai-je été repêchée ?

— En Méditerranée.

— Merci Sophia. Donc, il faut concentrer nos recherches dans ce secteur.

Héléna m'interpelle pour m'annoncer que 3A et les deux agents du BEI, Rod Papadakis et Phil Mc Grégore sont devant la grande entrée avec un imposant colis. Ils entrent dans notre bureau avec cette chose qu'ils ont décidé de nous cacher. Je demande d'un ton taquin que contient ce colis soigneusement confectionné.

Phil demande à son confrère Rod de faire les présentations.

— C'est, et vous, vous en doutiez, la chose que Mélissende a trouvée coincée, dans la structure du pont, ce matin. Nos services scientifiques l'ont passé aux différents scanners. Et là, rien !

— Rod, tu es bien gentil, sors-nous la chose de cette boite.

L'agent s'excuse pour sa lenteur et s'exécute. Nous sept découvrons la chose, l'isopode. Nous avions déjà pu observer cet engin en image. Quelle joie de pouvoir enfin l'effleurer, le manipuler, d'être en contact, en comprendre son fonctionnement. Tout le monde se rapproche pour avoir le privilège de le toucher. Et là, alors que jusqu'à présent, il ne s'était point manifesté, il vibre, il vibre un peu, mais il vibre. Sophia, qui s'était peu exprimée, lance, avec un aplomb inhabituel :

— Mélissende, c'est ton isopode.

— Comment ça ? Réponds Maritie.

Je vois ma Sophia devenir studieuse, vaporeuse, stone. D'une voix douce, calme et particulièrement assurée, comme elle sait l'être quand elle est en chaire.

— Cet engin est presque mystique. Comme si Circé avait confectionné tous les drones, les isopodes ou autres pour Mélissende. Il ne connait que Mél. Vous voulez la preuve ?

Nous n'avons pas le temps de répondre, qu'elle enchaine !

— À l'approche de sa maitresse, elle vibre, elle est contente, elle l'aime.

Par un geste de sa main droite, Sophia m'invite à faire quelques pas vers l'isopode.

— Cogito cogi-tatum cogita mus, l'objet a une âme. C'est la réflexion. Dans notre cas cette trinité conscience, objet, autrui ne se consume plus de l'être vers l'objet, mais de l'objet vers l'être.

La conscience se trouve introduite par Circé. Elle trouble La Trinité. Je pense qu'elle va plus loin que cette simple base philosophique, elle crée l'attirance de la conscience. Elle sublime la réflexion dans son sens le plus pur. Elle se reflète dans l'objet et se voit attirée par Mélissende.

C'est de l'ordre du mystique, du moins on pourrait le croire, ne voir que la surface. Cependant nous connaissons la conceptrice, l'instigatrice.

Et je peux affirmer qu'il n'y a rien de mystique, de surnaturel, ni même de philosophique comme j'ai pu vous le faire croire au début de ma tirade. Mais comme quoi, les phrases, avec leurs mots sont perturbantes et peuvent déformer la vérité. Je vais donc laisser la place à la science. L'aspect philosophique n'est qu'un élément de l'esprit trouble de Circé. L'isopode n'a pas d'âme ni de conscience. C'est une simple machine, ou presque. L'important se trouve dans l'esprit de la conceptrice. Elle a comme dessein de semer le trouble.

— Tu as raison Sophia, je pense même que Circé veut faire croire que Mélissende et elle, ne font qu'une, qu'une pensée, que ce sont les mêmes.

— Merci Maritie et Sophia. Les seules qui aient une case en moins, ce sont vous deux. Je veux bien concéder que Circé ait consciemment établi ce trouble, en programmant la petite intelligence artificielle de ces machines pour qu'elles réagissent à mon approche. Effectivement, j'abonde dans ton sens Sophia. Circé a mis sa conscience, tout son être dans la réalisation de ces engins. Je vous assure pour y avoir séjourné, que Chimère est le parfait reflet de Circé, sa pure réflexion, son image, ses pensées, sa chose. Alors il n'y a rien d'étonnant que ses jouets lui ressemblent.

Marie ? Approche et fais ton office.

— Tu n'arrêtes jamais de commander.

Marie, en douceur, par petits pas, demande que nous nous écartions. Elle s'avance, par grands reniflades, elle dissèque les éléments, les molécules odorantes de l'isopode. Après avoir caressé la bête et humé la paume de sa main, elle se retourne brusquement. D'une voix ferme, presque autoritaire, elle donne ses conclusions, son sentiment.

— Tu te fous de moi Mélissende. Il y a bien l'odeur nauséabonde des boues du lit de la Seine, cependant, je persiste l'odeur de fond est bien celle de la Méditerranée.

— OK, tu as une idée sur la composition de la bête, comme tu le dis.

— Non Mélissende. Je n'y arrive pas ! C'est un métal, si c'est un métal, je ne le connais pas. Jamais senti. Ce que je peux vous dire c'est que cette matière contient des éléments que je peux reconnaitre.

— Alors qu'attends-tu ?

— Oh ça va la maitresse de maison. Je reconnais le titane, du cuivre en très faible quantité, du …c'est noir…

Marie bute sur un mot, elle claque des doigts, et répète avec insistance du, du, du...

— Donne-nous une utilité, comme le thermomètre pour le mercure, par exemple ?

— Merci Marraine, dans les crayons de papier que vous avez sur la table : ces vieux trucs, d'un autre temps.

— Le graphite ?

Marie remercie Katinka. Puis la Russe enchaine en s'interrogeant sur le graphite dans un alliage métallique. C'est alors que je propose à Marie le mot graphène à celui de graphite. Je propose que l'on passe un échantillon de la bête dans un spectrographe de masse. J'ai demandé à Héléna d'apporter la bête dans le labo du dessous et d'en extraire un échantillon. Cette étape étant faite, il nous restera plus que de la passer dans le specto.

Héléna se fait entendre, par ces mots.

— Mélissende, premier constat, le métal ne peut se couper avec les outils traditionnels. J'ai dû employer le laser à fusion. Et cela se coupe comme dans du beurre. Le point de fusion n'est pas très élevé, j'ai noté 1628°C. J'ai relevé des éléments en faible quantité, pour chacun d'eux, moins de 1 %. Ce sont des métaux rares que sont le gadolinium, le hafnium, le béryllium, le niobium et le tantale rentrent dans cet alliage très spécial de titane.

— Héléna, pas si rare que cela ! Renvoie Katinka.

— Vous avez raison pour du titane. Cette composition, vous l'avez aussi utilisée en partie sur vos 3 modèles de sous-marin nucléaire.

— Comment elle sait cela. Bref.

— Ce n'est pas le sujet Katinka. Tu peux poursuivre Héléna, car je me doute que tu as bien d'autres révélations à nous apprendre.

— Effectivement Mélissende. Outre ce Titane banal, il y a du cuivre et du graphène qu'a relevé Marie, il y a des nanoparticules de lonsdaleite

Ce qui me semble plus important c'est que ce métal soit extrêmement dur avec une ductilité impressionnante. Sa grande qualité c'est qu'il est dur, mais pas cassant, comme peut l'être le diamant ou le verre. C'est une nouvelle "race" de verres métalliques. Circé vient de créer l'armure des superhéros du cinéma des années 2000.

Mélissende, il faut que je rapporte la bête. Car loin de vous, elle est intenable. J'ai usé d'un subterfuge pour la calmer en passant en boucle ta voix, à la première intonation, elle s'est apaisée.

L'isopode se retrouve à nouveau dans la pièce avec nous. Ce qui choque c'est qu'il semble ne pas avoir de système d'ouverture. Rien ne dépasse, rien n'apparait à la surface. Tout est lisse. C'est une grosse coquille. Certes, cette bête a été altérée par la prise d'un échantillon. Mais je reste admirative par la créativité, l'ingéniosité de Circé et des Sept. Je suis démunie, je manque de compétences. Sophia, Katinka, Maritie et même Marie me sont bien utiles. Je reste néanmoins sans ressource face à ces nouvelles technologies. L'aide des 3A, Rod, Phil, Doriane,Tekla, sans oublier les compagnons d'Héléna, Margaret et Enos, me servent. Cependant, il y a des manques. J'ai du mal à me l'avouer, j'ai des lacunes.

— Sophia, Katinka, Marie et Maritie vous restez, les autres dehors. Dégagez !

12.

Je suis maintenant face à mes souvenirs, à mon héritage, à ce poids, celui de ma famille, au nom d'Avicenne. Il me faut recomposer la Quintessence. Devant mes yeux fermés, je revois Jakub, Masaya et Rafiki, mes 3 complices morts par la main des Sept. Ma tâche est grande, pesante, intemporelle, car à chaque disparition, les Cinq doit être reconstitué. Il me faut trouver trois nouveaux membres, qui puissent former une harmonie, de la complémentarité.

Masaya Sugawara, était une petite femme mince et fine, pourvue d'un savoir exceptionnel en biologie et en bioécologie. Elle me manque. Alors que je n'avais que 6 ans, Masaya inscrivait son nom sur la liste des illustres membres de la Quintessence. Liste qui montrait les noms de Voltaire, Lavoisier, Copernic, Euler, Machiavel et Fermi pour ne citer que les plus connus. Il y a eu tant d'autres anonymes comme mes compères Jakub et Rafiki.

Je me souviens de cette fin de journée de printemps, en mai 2021, juste avant le décès de Maman. Mamie Hélène avait présenté à sa fille une jeune femme pétulante et sage à la fois. Son regard était traversé par de la plénitude. Son discours et sa voix étaient melliflueuses. Elle nous entrainait dans sa rhétorique, pleine, charnue et cependant compréhensible. Je ne sais pourquoi, à l'époque mamie Hélène a choisi Masaya. Le plébiscite de ma Grand-maman m'a permis de côtoyer une grande dame. Masaya est la seule qui provenait de la cession précédente, ce fut un fabuleux héritage.

Je me souviens du moment où j'ai dû faire mon choix. Masaya m'était en héritage, Sophia avait mes faveurs depuis mon passage au MIT (Massachusetts Institute of Technology), elle m'avait immédiatement séduite par sa vigueur, sa naïveté et ses connaissances.

Aujourd'hui, il me reste à choisir 2 autres membres.

Chaque membre en poste doit mettre à disposition une liste de 5 connaissances classées par ordre de préférence. Celles de Sophia restent cachées, la mienne se trouve dans les entrailles d'Héléna. Cependant, j'avais usé de ma prérogative en demandant à Katinka de faire partie de l'ordre. Elle a refusé poliment. Son argument principal étant que ses fonctions auprès de la Fédération de Russie lui prennent beaucoup de temps.

— Héléna met moi en relation avec la première personne sur la liste de Masaya.

— Adil Rajama.

La photo du visage du premier candidat s'affiche. C'est un jeune homme qui semble avoir moins de 30 ans. Il est d'une rare beauté comme les vedettes du cinéma indien, des cheveux noir corbeau à peine ondulés. Des yeux brun profond envoyant un regard puissant. Sa peau illumine et rayonne la pureté. Je vois apparaitre ce qu'en disait Masaya. Elle me connaissait bien. Sa première phrase en voyant sa vidéo a été de me préciser qu'au-delà de la fabuleuse et envoutante beauté de son minois il y avait bien d'autres qualités à découvrir. Masaya s'est employée immédiatement à m'en dresser la liste.

— Vois-tu Mélissende, Adil, a, et c'est le seul cas que je connaisse, une oreille absolue, qui combine 3 dimensions. Il détient l'oreille absolue passive ainsi qu'active. Rien que posséder ces 2 dimensions rendent les otologues curieux. Lorsqu'ils découvrirent qu'Adil a une oreille absolue malléable, ils sont déconcertés, d'autant plus que ces qualités lui permettent de détecter et d'analyser toutes sortes de vibrations. La plasticité de son cerveau couplée à sa mémoire exceptionnelle ainsi qu'à sa jeunesse passée auprès des musiciens des banlieues pauvres Hyderabad le rendent, pour le moins exceptionnel. Ce don magnifique que lui ont doté la nature et la pollution des usines pharmaceutiques de l'Est de la ville serait inefficace sans une intelligence hors du commun.

Il est encore mon suppléant à Sōkendai, le collège doctoral de recherches avancées, de Hayama au Japon. Sa spécialité sont toutes les disciplines des sciences de la vie, mais il excelle en particulier dans les domaines de la biologie du vivant qui comprend notamment la nématologie, l'entomologie, la bactériologie et sa cousine la virologie, ainsi que la mycologie.

Voilà ma Mélissende, ce que je peux t'en dire. J'aime beaucoup Adil, et je suis persuadée qu'il pourra t'aider à préserver la paix.

— Héléna peux-tu faire venir Adil rapidement ?

— L'invitation lui a été envoyée, Mélissende.

— Passons au candidat suivant, celui de Rafiki.

La vidéo de présentation de Tchonbé commence. La voix de Rafiki résonne dans la pièce. Sa voix calme a la faculté de me rassurer, de me calmer. L'entendre maintenant me donne la chair de poule. Une émotion peu banale m'envahit. Ce n'est vraiment pas le moment. Je me raisonne, je dois avoir et garder l'esprit froid et objectif.

La courte introduction des cinq personnes passées sans en dévoiler leur nom. Il commence le portrait du premier, placé sur sa liste. La personne qu'il juge le mieux correspondre aux besoins de la Quintessence, se nomme, Machine-Machine. Je suis surprise par ce nom, plutôt original et pour le moins mystérieux. La description de Rafiki s'est faite ainsi.

— Mélissende, Machine-Machine, ici et maintenant ne te sera pas montré, tu ne verras aucune photo, aucune vidéo. Elles n'existent pas. Machine-Machine est le nom qu'il a choisi pour rejoindre la Quintessence.

S'il te plait, reste assise et écoute, comme te le demandait Papi Roger avec ses devinettes.

Ce que je peux t'en dire c'est qu'il vient de Dakar, plus généralement d'Afrique. Qu'il a modélisé toutes mes recherches en astrophysique. Pour l'instant tu ne sauras pas s'il est, homme, femme ou du troisième sexe. Sache qu'il te, vous, sera fidèle et dévoué. Je peux te donner sa date de naissance. Il est né il y a longtemps. Il a porté plusieurs noms comme Pascal, Baddag, Turing, Von Neumann. Non ! Mélissende, là, je plaisante.

Au début du XXIe siècle, il contribua à lutter contre les pirates informatiques, mais toujours sous couvert d'anonymat. Notre Machine-Machine a plus de 100 ans.

Il pourra faire la liaison avec Héléna et les autres entités artificielles. Crois-moi il te sera indispensable. Et Héléna va l'adorer.

L'image s'est figée sur son visage qui me semble moqueur. Je suis perplexe. J'interpelle Héléna.

— Qu'en penses-tu ?

— Tu me poses la question. À moi, une intelligence artificielle ?

— Oui, le monde change, avec lui, il le faut. Alors ?

— J'ai ma petite idée, sur Machine-Machine. Melissende qu'as-tu déduit de sa description ?

— Bon Héléna je vais t'aider. Il dit qu'il a plus de 100 ans, il aurait pu s'appeler Pascal ou Von Neumann. Et qu'il est né, non, qu'il vient de Dakar.

— Pour moi Mélissende, c'est un super calculateur, comme le "Summit 2" Américain ou le Quantique d'Abidjan.

— Je ne pense pas comme toi, c'est plus complexe que cela. Les superordinateurs sont pour moi trop fragiles. Donc c'est une chaine, un maillage informatique ou quantique. Contacte Double M.. Je suis trop curieuse.

— J'ai un lien. C'est fait.

La Quintessence ce sont 5 membres. Il y a Sophia, Adil, Double M et moi. Il reste une place. J'ai réuni Sophia, Maritie, Katinka et Marie dans la salle de l'ordre. Les quatre filles prennent position autour de l'imposante table. Sophia semble inquiète, Katinka reste impassible, Maritie m'envoie un sourire interrogatif et Marie tapote sur son avant-bras et regarde le petit écran holographique. J'expose rapidement la problématique. Il me faut trouver un membre pour la quintessence.

— En quoi, Mélissende, nous sommes concernées, sauf toi Sophia ? Me demande Maritie.

— Tu as raison, cela semble étrange à certaines d'entre vous. Mon choix, que je vais vous exposer, doit avoir votre aval. Vous m'entourez, vous me conseillez, vous me contrariez, vous m'énervez. Cependant, votre accord me parait important pour l'harmonie de l'ordre.

Marie lève la tête, me regarde, puis pose son regard sur les trois autres, me regarde à nouveau avec un sourire. Puis s'exprime enfin.

— Katinka est trop occupée. Quant à Sophia elle m'aime beaucoup, alors ! Je suis d'accord. Et marraine aussi.

Je scrute les regards et les visages de mes complices. Maritie m'envoie un oui de fierté. Katinka, m'offre un Da, à la russe. Sophia elle, lève les bras au ciel en s'exclamant : enfin cinq !

Et je conclus par : nous voilà au complet !

Dans la salle de l'ordre, l'engin git bercé par la mélodie de mes paroles, qui tournent en boucle. Mais peu importe la bestiole en métal ne fait pas la différence, seule importe ma voix. Les heures ont passé, Héléna m'informe qu'Adil sera rue de l'Arbre sec début d'après-midi. J'ai demandé à Sophia et Marie de me rejoindre pour rencontrer le nouveau membre.

Héléna annonce la venue d'Adil RAJAMA, le tire-Suisse rentre en action. Je vais immédiatement à la rencontre du jeune homme. J'ouvre la porte doucement sans précipitation. Je prends le temps, car je n'ai aucun intérêt à dévoiler mon impatience et mon excitation. Une petite ombre caresse le sol, doucement elle s'allonge, enfin il se montre. Un petit être dans un costume parfaitement taillé nait sous mon regard. Il lève la tête pour me sourire, je lui rends avec un peu de surprise. J'imaginais un homme longiligne et je suis face un petit bonhomme atteint de nanisme. Son visage respecte la promesse de Masaya, il est d'une rare beauté. Nous rentrons dans la salle de l'ordre. Les visages des filles se concentrent sur le petit homme. Loin d'être surpris, il s'aventure à une boutade.

— Maintenant, la Cour des Miracles est complète.

— Je vous présente Adil, qui, vous l'avez remarqué, a de l'humour.

Marie, Sophia à tour de rôle, se présente. Les présentations faites, Marie, encore elle, se risque à une remarque.

— Tu mesures combien le nain ?

C'est moi qui-lui réponds avant qu'Adil ne le fasse.

— Pour ta curiosité, Adil le nain, comme tu le dis, mesure 128,6 cm avec les chaussures, je dis donc 128 cm soit 4,199 pieds. Et avant que tu ne poses la question, il pèse 51 kilogrammes environ, même si l'estimation avec les vêtements est plus hasardeuse. Mademoiselle Marie est-elle satisfaite ?

— Oui ça va. À mon tour maintenant. Adil a fait une escale à Berlin pour changer de compagnie aérienne. La première était probablement une compagnie du golf, car on lui a servi de la semoule de blé dur type couscous, des haricots, des poivrons frits et un succédané de boulettes de mouton noyé dans de la sauce. Il se trouve que ce repas est proposé dans 3 compagnies que sont Émirats, Etihad et Quatar Airways. La seconde est la Lufthansa. Les effluves de Malte et de houblon sont caractéristiques de la Rhénanie qu'utilise la Pinkus. Cette bière typique germanique sans alcool n'est proposée que sur les vols de la Lufthansa, et notre, Le-Bref, en a bu.

— Ce n'est pas tout.

— Héléna ! Qui parle ?

— Oups, désolé je suis Machine-Machine.

— Héléna, tu le bloques, en attendant que j'en décide autrement !

— C'est fait. Je reste en interne. Lui, il s'excite sur les réseaux extérieurs.

Double M m'a un peu énervé. Son intrusion fait preuve d'un certain aplomb, que je ne dédaigne pas. Néanmoins c'est moi qui décide, pas lui. Pendant que mon équipe prend le temps d'échanger entre eux et surtout avec le petit nouveau, je proposai à Adil de se rapprocher de la bête et de me donner son avis.

Adil se rapproche, descend tout son corps pour être au plus près. Tandis que je recule en faisant un signe à Héléna et aux autres pour que s'installe le silence dans la pièce. Je regarde, j'observe le nouveau venu, ainsi que la bête. Comme je l'avais prévu et imaginé, l'engin commence à émettre des signes d'angoisse. Après son profond sommeil, comme celui d'un enfant dans les bras rassurants de sa maman.

La chose de métal manifeste des signes évidents d'excitations par des tremblements, comme l'enfant effrayé par le noir profond de la nuit et un cauchemar terrifiant. Adil nous gratifie d'un sourire moqueur ou narquois. Notre nouvel hôte se lève doucement en grimaçant, torturé par des douleurs sous-jacentes. Je demande à Héléna d'envoyer seulement en direction de l'engin, ma douce voix. Je demande immédiatement à Adil son avis.

— C'est extraordinaire. Merci, car c'est bien la première fois que je rencontre ce type d'engin.

— OK pour le merci. Et si c'est pour me dire que c'est la première fois, alors attends-toi à avoir bien des premières fois. Non, mais, que croyais-tu, Adil en nous rejoignant ! Que nous faisions des devinettes ? Je rêve. Tu n'as rien d'autre ? Et tout ça pour ça ?

Oh ! Mél calme-toi. Il n'a pas l'habitude. Il est urbain le Monsieur. Si Masaya nous le conseille c'est qu'il y a une raison.

— Bon, Sophia je ne dis plus rien.

— Ce truc qui ressemble à un Isopode, est mélodique. Je veux dire qu'il émet des vibrations. Certes comme tout le monde, cependant pour lui, elles sont particulières. Les fréquences se situent entre l'animal, le vivant et le minéral, le non-vivant. Ce que je veux dire c'est que le non-vivant est stimulé par le vivant. L'excitation envoyée par le vivant est sublimée par le non-vivant, c'est paradoxal. Cela devrait être l'inverse. J'ai bien isopode, je précise que c'est un bathynomus géant, il vibre comme celui que j'ai eu en main il y a 43 mois dans le golfe du Mexique. Ces bestioles aiment la boue, les fonds marins. Quant à sa structure non vivante, elle est composée de divers métaux qui résonnent parfaitement. Celui ou celle qui est à l'origine de cette matière est un génie. L'alliage est parfaitement équilibré. Je ne connais pas cette signature vibratoire. Ce qui est certain, indubitable, c'est que maintenant, je la reconnaitrai. Elle est gravée en moi à tout jamais.

— Belle démonstration. Alors Mélissende, tu restes sans voix ? Il est bien, le petit.

— Tu t'emballes Maritie. Il est bon, certes. Les vibrations, je les avais ressenties. J'avoue, je n'ai pas autant de précision et de finesse auditive qu'Adil.

Au contact de la bête, je n'avais que des frémissements. Lui, il est haut dessus, il sentait parfaitement les vibrations. On avance avec l'Isopode. Et ça, c'est bien. N'oubliez pas l'objectif, ici et maintenant, c'est de comprendre la bête, et de découvrir où est caché Circé.

— C'est qui cette Circé ?

— On va t'expliquer. Une chose après l'autre, le petit. Héléna ! Cela fait plus d'une heure que Double M attend. Laisse-le venir à nous.

Pendant qu'Héléna débloque tous les pare-feux et reconnecte le réseau principal au réseau extérieur, notre nouvel ami a subitement un coup de chaleur. Il me demande poliment s'il peut enlever sa veste. Et là, surprise, le jeune homme s'était fait confectionner un habit qui le protège des regards extérieurs. Sous ce vêtement, se révèle à nous, un être torturé par la nature. Je m'étais fait abuser par son costume sur mesure en nylon autocorrecteur de posture, en croyant qu'il était atteint une maladie de la croissance. Or sa colonne vertébrale est tortueuse. Deux scolioses, une lordose très prononcée, des vertèbres soudées, une hanche plus courte avec de l'arthrose qui ne semble pas être inflammatoire dressent le tableau clinique d'Adil. Sa petite taille est donc due à ces multiples malformations congénitales et non à une forme bizarre de nanisme. Le regard de Sophia laisse glisser une douzaine de gouttes de pitié et de tristesse. Marie, elle, de par la froideur de sa jeunesse, ne laisse rien paraitre.

— Bonjour l'inconvenant !

— À la voix, je reconnais Mélissende d'Avicenne, la polymathe, comme l'étaient ses prédécesseurs.

— Salut princesse !

La fille aux grands yeux bleus et au visage un peu aérien pour ne pas dire écervelé, c'est Sophia Hawkins. J'ai lu tous vos écrits que vous avez publiés et j'ai suivi tous vos cours à l'Université de Binghamton.

L'indifférente au bout de la table, la pimbêche, non je dirai la chipie, oui une chipie qui est plongée sur son écran holographique. Elle, par contre, n'a rien publié. Mais ses exploits font le tour du monde sans que son visage soit connu, et je suis flattée de le voir.

— Bonjour Marie Rober-Guidat !

Sous mes caméras, voici Adil Rajana, c'est un juste comme l'indique son prénom. Rafiki, m'avait vanté ses qualités intellectuelles. Mais sa disposition à sentir, comprendre, évaluer, mémoriser les vibrations, toutes les vibrations font de ce petit homme un membre important pour la Quintessence.

— Tout flatteur vit aux dépens de celui qui l'écoute. Il faudra un jour que vous considériez la maxime, Machine-Machine.

— On se calme les deux coqs. Même si vous êtes tous deux policés, vos fortes personnalités sont bien présentes.

— Mélissende, je ne vous ai rien donné qui supposerait que je sois un homme, ou une femme.

— Nous allons faire court, toutes et tous. Entre nous le tutoiement est de rigueur. Et en effet rien n'indique que Double M soit un homme.

Les personnalités étant plantées, je leur demande de respecter l'ordre de la Quintessence, les deux nouveaux membres présents ont parafé le grand livre.

Le grand livre, ce grand livre sorti uniquement lors des intronisations des novices. Le format imposant, un grand raisin, avec sa couverture de cuir pleine fleur s'ouvre devant Adil et Marie. Délicatement je tourne les pages du codex d'Avicenne datant, pour les premiers parchemins, de 1022. Cette date est la première inscription faite sur l'incipit du codex de mon ancêtre. Date très symbolique, en additionnant les chiffres on obtient 5. C'est le début de l'histoire de la Quintessence.

Pour ce faire, j'enfilai mes gants en soie naturelle pour manipuler ce grand raisin de plus de 1000 ans. La couverture et la reliure du codex ont été remplacées au milieu du XVIIIe siècle, sous l'impulsion des membres de l'ordre. C'est ainsi que le symbole de la Quintessence s'est vu illustré par cartonnage sur ce cuir basane. Cette technique futuriste pour l'époque aurait été importée par un des membres, lors d'un voyage en Allemagne. Toute l'histoire, tous les membres depuis le créateur y sont inscrits.

Certes, le support change au fil du temps, passant par le papier de Samarcande à la feuille de papier-écran. C'est à première vue un étrange mélange qui parait anachronique, mais qui grave le fil de mille ans d'histoire de l'écriture.

Marie s'avance doucement presque solennellement. Son visage qui d'ordinaire affiche l'ironie se ferme. Je lui tends le stylet. Je dois dire que j'ai joué avec les figures temporelles, proposant à la novice, une véritable plume d'oie blanche taillée. Au chanfrein, à l'ancienne, une pierre blanche se fond à l'âme de la plume, au calamus creux, translucide et albuginé. Le minéral contient un microcircuit permettant l'écriture sur la feuille-écran. Marie inscrit son nom, son prénom, sa date de naissance. Je lui demande de jouer avec les mots, avec ses mots, tous ses mots qui sculptent sa personnalité. Les mots qui sont, elle. Enfin, elle donne son sentiment, son ressenti d'appartenir à l'ordre. Son écriture est énorme, comme son égo, et parfois certaines lettres traduisent de la fébrilité. Au bout de ce cérémonial, elle impose la date de son intronisation.

Le phrasé est serein, contenu et précis. Ses mots, que l'on aurait crus tortueux sont poétiques, souples, policés et délicats. Il a fini par-ces termes "la vie est plus douce avec de la folie. " À la lecture de ce petit apophtegme, nous nous sommes regardés en lui souriant.

Sophia qui nous surprendra toujours, se demande comment va procéder Double M pour parafer une page du grand raisin.

— Héléna ! Double M a-t-il entendu la question de notre Sophia ?

— Je viens de lui ouvrir les droits. Il vous demande de regarder la page qui lui est consacrée.

Des lettres se forment sur le papier-écran. La première surprise débute quand la calligraphie diacritique se dessine par la droite de la feuille. Tout en douceur le mot Machine-Machine se forme.

Puis au moment de noter la date de naissance sur la gauche du papier, l'inscription marque un temps d'arrêt, une tergiversation, comme s'il était dans un choix.

Dans un latin classique parfait, le mot "Informatique". Maintenant une date s'affiche sous nos yeux, le 23 juin 1912, puis un lieu, Londres.

Héléna précise en disant que cette date de naissance est celle d'Alan Mathison Turing, qui est un mathématicien auteur des fondements scientifiques de l'informatique.

À nouveau, sur la partie gauche, dans un français actuel, il plaque ces mots qui expliquent ce qu'il pourrait être. Il finit par : "Le seul secret est celui qui n'existe pas".

Je me dois de préciser, que le seul objectif est de lutter contre tous ceux qui nuisent ou meurtrissent la vie.

Afin de sceller l'appartenance à l'ordre, main dans la main, sauf pour Double M, autour du grand raisin, Adil, Double M et Marie, Sophia et moi avons prononcé d'une seule et même voix la devise de la Quintessence: "Le bien n'est pas partout où il devrait être, mais partout où nous sommes."

Je conclus cette célébration par les mêmes mots que ceux de mes prédécesseurs :

« Nous voilà unis pour le bien. C'est écrit pour l'infini ».

13.

Un vacarme intense réveille le 1, rue de l'Arbre Sec. La bête de métal a éventré la verrière. Il est deux heures, la nuit dort encore. Adil et Marie me rejoignent. La jeune femme, toujours aussi froide, presque sans émotion, observe le trou laissé par l'engin. Adil scrute le noir et les étoiles en espérant faire une découverte. Sophia, qui vient d'arriver, est fébrile.

— Héléna, tu as des images ?

— Oui, Mélissende.

— Ne restez pas plantées-là, on se bouge, tout le monde sans la salle de l'ordre. Allez, on se presse !

Mes invités me suivent aux pas de course. Adil en haletant et Marie en tapotant sur le clavier virtuel sur son avant-bras gauche.

Héléna nous dévoile les dernières secondes avant l'envol. La bête tremblote, tressaille, s'excite. Puis un faisceau intense perse la nuit et une puissante sonorité, résonance, inflexion, déchire le silence. C'est cet instant, à la fraction de seconde, que l'engin suit le rayon lumineux.

— Ce n'est pas l'engin qui a détruit la verrière. Ce n'est pas lui qui est parti.

— Tu veux nous dire quoi Adil ?

— L'engin s'est fait aspirer, tiré vers l'extérieur. La lumière a été sa route, et le son, la vibration, son moteur.

— Où vas-tu Marie ?

— Il faut que je vérifie. Je reviens. Marie prend la direction du jardin d'hiver.

— Adil, j'avais bien compris que la verrière a été détruite non pas de l'intérieur, mais de l'extérieur. À la vue des images et de ton explication ou de tes conclusions, c'est évident. Encore notre Circé. Maintenant nous n'avons plus rien.

Un hologramme se place au centre de la table. Une figure, un physique, une gestuelle amicale, presque familière. Celle que l'on aime d'emblée qui plait à toutes et à tous.

— J'imagine que c'est toi, Double M ?

— Tout juste. Je vous conviens ainsi. J'ai construit mon apparence en mélangeant tous vos souvenirs les plus doux, de toutes les personnes que vous avez le plus aimées, les figures et les physiques les plus représentatifs de l'être le plus parfait, pour vous.

Adil et Sophia de concert semblent satisfaits et le manifestent par un oui profond. Ainsi, Double M reprend.

— Pour en revenir à la fuite de cette chose. Pas d'inquiétude. Hier j'avais placé un mouchard numérique. Je le suis à la trace.

Voilà Marie, très excitée et impatiente, qui revient du lieu de l'envol. L'hologramme disparait comme la brume à la levée du jour.

— Mélissende ! C'est Circé. Il y a des gouttes d'eau de mer, dans le jardin d'hiver. Et là, il y en avait beaucoup. Je peux maintenant préciser le secteur d'où Circé provient. C'est bien la mer Égée, près des côtes de la Turquie. Il sera facile de la loger, cette salope.

— Il y a beaucoup d'iles dans ce secteur ?

— Oui Sophia, il y en a plus de 160, c'est l'archipel du Dodécanèse.

— Vous ne voulez pas savoir comment j'ai fait pour être aussi précise ?

— C'est important pour qui ? Seulement pour toi. Moi, j'ai atteint l'objectif, ou presque. Alors tes sentiments, Marie ?

Marie s'en retourne à son avant-bras. Sophia se précipite vers elle, comme une mère va secourir son enfant. Au passage, j'ai eu droit au regard inquisiteur de l'Américaine. Quant à Adil, il reste interloqué par notre discours.

Double M resurgit comme le génie sortant de sa lampe.

— Vraiment Mélissende. Tu as dupé tes amis, mais pas moi !

— Comment ça Double M ! Je me doutais qu'il savait ce que j'avais entrepris, ourdi, dans mon esprit tortueux.

— Voyons Mélissende. J'avoue que ton stratagème est efficace. La preuve en est.

— Je ne comprends rien, Mélissende !

— Je t'explique Sophie, je débobine le fil de la trame. J'ai 3 acteurs. Circé, l'isopode et Double M.

— Comment ça, moi ?

— Oui, toi ! Sinon rien n'aurait été possible. Il fallait que ce soit toi. Je continue. Voilà mes trois acteurs avec chacun des objectifs différents.

— L'isopode avait et devait emmagasiner le plus de renseignements sur nous. Héléna lui en a servi à pléthore, de vraies infos, de fausses et quelques chevaux de Troie de toutes sortes. Je vous passe les détails. Circé, elle, devait récupérer son bébé. Je le pense, non j'en suis persuadé, après l'avoir coudoyée plusieurs heures. Cette fille est paranoïaque doublée de sociopathie ! Ce sont ces déviances qui me permettent d'affirmer qu'elle aurait tout entrepris pour récupérer les données stockées dans la bête. La double Machine, oui toi ! L'hologramme prétentieux, tu as servi les intérêts de la Quintessence. Ni Héléna, ni moi, n'aurions pu placer un mouchard dans l'isopode. Cette nuit, Circé, avant de l'évacuer à totalement scanné son engin. La grosse modulation, le gros bruit, le son fort, c'est le support qu'utilise Circé pour toutes ces opérations de communications, ou de destructions. J'avais parié sur ton égo, Double M. Tu devais prouver ton utilité au sien du groupe. Merci. Tu as glissé un vibrosonar dans la fibre de transmission moteur.

La fréquence d'émission change tous les 20 centièmes de seconde, en espérant que les 90 minutes d'autonomies suffiront à localiser l'antre de la bête. Seul toi en connais la combinaison. Tu es tellement fier de cette manipulation. Je finis, en te disant que la Quintessence te fait confiance, tu en as désormais la preuve.

J'avoue que tu as parié sur mon esprit rotor. Tu en as eu confirmation dès que j'ai déplacé l'engin de métal dans le jardin d'hiver.

Après ces aventures mes trois amis s'en retournent terminer leur nuit. Pour moi, la journée est entamée. La Seine attend ma foulée. Je me prépare pour écouter la nuit mourante qui étire les rayons de lune, annonçant sa nombriliste cousine qui illuminera la capitale et ma journée. Courir le matin quand la nature somnole, me permet de faire le point, de me vider. De me réinitialiser, de ne garder que l'essentiel.

À 16h00, je ferai mon dernier hommage à mes anciens compagnons, Rafiki, Masaya et Jakub. Nous allons, nous la nouvelle équipe, nous la nouvelle Quintessence à Harchéchamp. Double M sera absent, enfin je crois.

Nous longeons le Vair, rivière pittoresque Vosgienne qui arrose la Meuse. En ce mois d'avril 2051, ce cours d'eau ressemble plus à un vestige qu'a une rivière. L'hiver doux et le printemps peu arrosé par les pluies ont laissé la place aux herbes sèches en son lit. Nous abandonnons le sillon aréique, stérile et pierreux pour découvrir depuis la rue Voltaire, à notre gauche, le village avec ces 98 âmes. Depuis la mort de Thierry Le Diable en 1244, le château qu'il a bâti endosse le nom de Châtelet. Au fil des années et des propriétaires, l'édifice prit de l'ampleur et de la stature. À la fin du XXe siècle, le dernier propriétaire construisit un grand garage pour y exposer sa collection de véhicules automobiles à explosion. Aujourd'hui, ces antiques moyens de locomotion ne seront pas le cœur de notre venue. Le moteur de notre venue dans les Vosges, c'est le dernier l'hommage aux membres disparus de la Quintessence.

Notre vieil autoœuf de location, véhicule autonome de 5 places des années trente, propulsé par un moteur à hydrogène de premières générations passe le portail d'entrée Nord. Les deux piliers surmontés de pommes de pin royal taillés dans du granite gris-bleu des Vosges nous offrent leur auguste splendeur. L'entrée est depuis 2035, totalement refaite et repensée, comme l'avait imaginé Émilie de Châtelet au XXe siècle.

Nous voici sur le parvis du Château. Des personnalités diverses et variées nous ont précédés. Je remarque Doriane qui est marquée par la tristesse, Katinka qui a refait le déplacement, Igor qui a laissé son Hôtel de Prague, le préfet entouré de 3A, et des deux agents du BEI Rob et Phil. Tekla s'est fait discrète en observatrice avisée. Bien d'autres têtes plus ou moins importantes ou connues font tapisseries, ou pique-assiettes, parfois même les deux. La présence de ces parasites m'indiffère. Tous ces illustres sont à Harchéchamp en toute discrétion, sans escorte pompeuse et bruyante. Il n'y a pas un journaliste, pas un photographe. À 50 km autour du village, Héléna filtre toute conversation et communication qui sont et restent libres, mais contrôlées. Seuls, nous, les membres de la Quintessence, sommes en relation.

Devant nous les 4 corps gisent sans vie. Je suis pétrifiée. J'attendais ce moment depuis plus 56 jours. Les enquêtes, les autopsies, les tracasseries administratives entre les états ont entravé le rapatriement de Masaya, Jakub et Rafiki depuis les Caraïbes. Maintenant, ils sont devant nous. Ils rejoignent les autres membres de la Quintessence qui reposent ici, depuis que Harchèchamp est devenue notre patrie et le Château du Châtelet, notre dernière demeure.

— Oui Double M.

Je m'écarte de la cérémonie sous les yeux attentifs, médusés ou interrogatifs de mes complices. Je me fais discrète, je baisse même la tête par politesse, ou par respect.

— Qui a-t-il de si important, Double M ?

— J'ai relevé des signes sismiques au Sud de votre position, et ce n'est pas normal.

— Héléna, tu confirmes ?

— Non, je n'ai rien !

— Comment ça, tu n'as rien ?

— J'ai deux IA qui se contredisent.

— Non, nous ne nous contredisons pas. Seulement Héléna n'a pas encore l'information. Moi si.

— OK Héléna ! Tu me préviens lorsque tu as une information. Quant à toi Double M, dis-moi, les signes se déplacent ou c'est un phénomène inexpliqué et éphémère ?

— Les signes se déplacent. Héléna confirme s'il te plait. Confirme à Mélissende !

— Désolée, je n'ai pas assez d'éléments pour confirmer.

— Mélissende, fais évacuer. Mets tout le monde à l'abri !

J'ai senti une main sur mon épaule. Je me retourne doucement. Je vois Adil qui me fait signe de le suivre un peu à l'écart :

— Mélissende, je sens des vibrations. Elles sont loin de nous, mais très puissantes.

Leurs signatures ressemblent, ou correspondent étrangement à celles que j'ai pu entendre dans les vidéos que j'ai visionnées à Paris. Cependant, il faut que je te précise que l'isopode avait des tressaillements similaires, ils étaient même comparables à ceux que je ressens maintenant.

Je mets ma main droite sur l'épaule d'Adil et lui fais un signe d'approbation. Je me dirige vers l'assemblée que j'avais désertée un peu plutôt. Pendant que mon pas s'accélère, j'insiste auprès d'Héléna pour qu'elle me confirme les conclusions de Double M et les affirmations d'Adil. Au loin Maritie, qui a toujours un œil sur mes faits et gestes, voit mon visage inquiet. Elle interpelle aussitôt Katinka et Doriane qui sont juste à proximité. Elles sont autour de moi. Je leur demande de mener tout le monde, avec le calme, dans le garage. Moi je vais à la recherche de Marie, la seule des membres qui manque.

Je me dirige vers l'extérieur, vers les contreforts du château. Je l'aperçois sur le rampant qui domine le village. Je me mets à côté d'elle.

— Mélissende, tu sens cette odeur de peur ?

— Comment ça, Marie ?

— Oui, les animaux aussi ont peur. Ils dégagent également cette odeur âpre de la panique. Regarde autour de toi, juste là, devant nous, tous ces animaux qui courent !

Je fais un signe d'acquiescement de la tête. Marie reste stoïque, comme pétrifiée. J'enserre son épaule avec mon bras gauche. Elle continue, avec cette ferveur qui la caractérise, elle continue, simplement, elle poursuit avec enthousiasme qui se teinte peu à peu de terreur.

— L'odeur Mélissende, elle est de plus en plus forte. Pourquoi les animaux ont peur ? Pourquoi ils fuient ?

Je mène Marie dans le garage du château. L'affolement commence à gagner. Certaines personnalités et les pique-assiettes prennent la parole pour demander des comptes. Les personnes les plus solides mentalement calment les autres. Des questions, de plus en plus précises commencent à fuser. Je prends immédiatement la parole.

— Nous ne savons à cette heure, quelle est la menace. Par mesure de sécurité, nous nous sommes placés dans cet abri. Vous avez des questions ? Il y a des autorités pour y répondre. Un préfet ignare, une substitue qui saura vous réconforter et la fraichement nommée baillive, directrice des polices européennes. Quant à moi et mon équipe, avons d'autres préoccupations que vos humeurs. Des voix qui étaient jusqu'ici naturellement angoissées s'élèvent et un brouhaha inaudible et désordonné envahit le garage.

Avec le timbre idoine, la puissance appropriée de ma voix, j'énonce avec vigueur et fermeté.

— Oh ! Fermez vos gueules !

Je sors du garage en étant accompagné d'Adil.

— Héléna ! Tu en es où ?

— Désolée, mais c'est moi qui vais te répondre, Mélissende.

—Vas-y Double M, je t'écoute, on t'écoute avec Héléna.

— Pour moi, je n'ai aucun doute. C'est Circé avec Chimère. Elles seraient parties de l'aérodrome de Neufchâteau. Elles progressent doucement.

— Double M a raison. Il avait raison de nous alerter. Désolée, mais je n'avais pas assez d'éléments pour confirmer ces hypothèses.

— Ce n'est pas le propos Héléna. De toute façon, entretemps, Marie et Adil ont avalisé vos positions et vos déductions.

— Oui Mélissende, j'ai entendu vos conversations. Double M aussi, nous avons entendu et analysé.

— Encore une fois OK. Maintenant, que va-t-il se passer? Oh Héléna et Double M, que fait-on ? Que peut-on faire ?

Et là un grand silence, froid, sec, glacial, désarmant, pétrifiant, s'est installé autour de nous, entre nous. Adil empoigne mon bras gauche avec sa main droite et pivote face à moi. Il me parle en Hindi avec une voix tremblante :

— Tu sens, Mélissende ?

— Quoi !?

— La terre tremble, Mélissende. Ça arrive.

Marie ne peut s'empêcher de faire de l'ironie, et dit :

— Le nouveau a peur ?

— Ce n'est pas le moment Marie et Adil. J'ai besoin de vos cerveaux pas de vos peurs. Héléna, combien de temps avons-nous avant que Chimère nous arrive ?

— Double M et moi concluent, à la lecture du tracé que Chimère et Circé empruntent, qu'elles ne veulent pas faire de morts. La puissance des sons ressemble à ceux de Paris. Les chants de baleines, effectivement, sont puissants, concentrés, et leur diffusion est précise. Cependant, leur but n'est pas de tuer du menu fretin, mais bien d'aller directement sur vous. Elles vous veulent, elles nous veulent !

— Circé et Chimère veulent en finir avec nous, elles nous font languir.

— Comment ça ? Demande Marie.

— Tu as raison Adil. Merci Marie. Héléna prépare l'autoœuf, nous avons un peu de temps devant nous. J'ai une idée.

Marie regarde Mélissende et Adil d'un air interrogatif.

— Pas la peine de me regarder. Circé n'en veut qu'à la Quintessence ou à défaut à moi. L'ordre des Sept avec UN a tué Masaya, Jakub et Rafiki, mais a raté Sophia et moi. Il faut qu'elle finisse le travail. Nous sommes tous réunis. On va la leurrer. J'ai besoin de vous deux. Adil tu vas apprendre à Héléna à construire une ou plusieurs fréquences m'imitant, des fréquences qui me ressemblent. Marie, tu vas devoir créer un parfum qui neutralise toutes odeurs de nous. Il faut faire croire que nous ne sommes plus dans le château. Tu fais vite, tu te débrouilles, tu utilises ce que tu as autour de toi.

Héléna il nous reste combien de temps ?

— À la vitesse où Chimère progresse, une heure maximum.

— Jamais Chimère va tomber dans le piège. Il n'y a personne dans le véhicule, dans l'autœuf.

— Oui, tu as raison Marie, à première vue. On a une heure, au boulot !

J'empoigne mes deux nouveaux membres et les conduis dans le garage. Je fais signe aux deux magistrates Doriane et Tekla de me suivre dans le sas d'entrée. Nous sommes toutes trois isolées. Dans la salle, Maritie répond aux questions toujours oppressantes des personnalités. Les femmes, me demandent pourquoi autant de mystères. Je leur explique ce que je vais faire. Un peu outrées et stupéfaites, dans un premier temps, elles refusent de cautionner ma démarche. Je leur fais comprendre que je ne veux pas de leur approbation. Je les informe de ma stratégie. Elles regagnent le garage un peu énervées et piquées dans leur amour-propre et leur égo.

J'introduis le haut de mon corps dans cette salle qui contient ces automobiles de collection. Et fais signe à ma copine Maritie de me rejoindre.

Nous sortons avec empressement.

— Maritie, j'ai besoin de toi.

— Voilà, il faut que je détourne Chimère et Circé. Elles arrivent avec l'impérieuse envie de nous détruire.

— OK ! Cela, je l'avais compris. Mais pourquoi as-tu besoin de moi ?

— Tu vois l'autœuf avec laquelle nous sommes arrivées ?

— Oui, et alors !

— Héléna l'a programmée pour l'envoyer loin de nous.

— Je ne comprends toujours pas.

— À l'intérieur, il y a mon odeur et ma fréquence corporelles.

— Bien, et ?

— OK, je vais mettre UN sur un siège. Et tu vas m'aider.

— Tu n'es pas bien. Tu es folle. Je comprends mieux pourquoi Tekla et Doriane étaient énervées.

— Et alors ! Assez palabré.

Je traine Maritie vers le quatrième cercueil. Le personnel des pompes funèbres nous voit arriver. Je les interpelle pour obtenir les outils pour ouvrir la bière. Devant les regards abasourdis des hommes en noir et gris, je demande à Héléna de rapprocher l'autocœuf. Deux hommes forts nous aident à sortir et à placer le corps sans vie de René sur un des sièges du véhicule. Rien ne sort de la dépouille ni odeur ni fluide, la thanatopraxie a été bien menée. UN pourra faire sa besogne, sa dernière mission. Le sol tremble de plus en plus. Je demande à Héléna d'envoyer notre lièvre dans l'autocœuf, loin de nous, vers sa dernière explosion. Cette image du leporidae, dans un ovule me fait sourire.

Je demande à Maritie, et aux quatre hommes d'aller dans à l'abri. Pendant qu'ils partent en direction du garage, je regarde le véhicule fourré par UN, s'éloigner.

Tout le monde va bien et se trouve dans ce bunker. J'ai tardé avant de rejoindre l'assemblée. Maritie s'en est inquiétée, mais en me voyant, son visage s'est illuminé. Elle me gratifie d'un magnifique et large sourire. Marie m'asperge de son parfum improvisé qui doit me masquer aux yeux de Circé. Les fréquences d'Héléna aidée par Adil sont désormais diffusées pour me rendre invisible dans le château.

Il y a encore 2 minutes, les vibrations étaient perceptibles, même sous cette carapace de béton. Je décide de sortir, au risque que mon subterfuge soit avorté par mon impatience, mon ardeur, mon empressement. Au loin, je vois une masse sombre, puis une explosion et de la fumée grise. UN, n'a pas eu l'honneur d'une oraison funèbre, alors je lui en ai offert une. C'est mon bouquet de fleurs, ma couronne mortuaire, un feu d'artifice, un artifice.

— Que marmonnes-tu, Mél ? Tu parles de couronne mortuaire pour un artifice ?

— Maritie, les émotions te rendent prolixe. Deux questions, l'une après l'autre.

— Arrête un peu de faire la Mélissende. Circé risque de te reconnaitre et de faire demi-tour.

— Oh ! Maritie tu deviens drôle. Avant que j'aille vous rejoindre dans le garage, j'ai mis le reste d'explosif qui était stocké dans la cave de liaison. Cette même cave qui nous a vues jouer à cachecache, celle qui se trouve sous le tertre devant le château. J'ai rempli deux sacs que j'ai avec délicatesses disposées dans le véhicule, l'un sous le siège de René, l'autre sur l'assise d'à côté. De peur que l'explosion ne se fasse pas, j'ai vite bricolé un détonateur sensible aux vibrations, avec une pipette, de l'huile et une petite bille. Je t'épargne les détails. Lorsque Circé était à bonne distance, et que Chimère a envoyé le gros son, boum. L'hydrogène contenu dans l'autoœuf a fini le travail. Mon plaisir a été de voir l'engin de Circé, bousculé par le souffle, et même faire un bel écart. De plus j'ai demandé à Double M et Héléna de prendre autant de renseignements sur la ou les signatures numériques de Chimère. J'en aurai besoin.

— Tu es machiavélique Mél. Crois-tu que Circé revienne sur nous ?

— Je ne pense pas. Pour elle, je suis morte. Sa préoccupation immédiate, c'est Chimère qui a été fortement malmenée.

Nous pouvons maintenant poursuivre, nous rassembler autour des dépouilles de nos trois amis. L'hommage prendra une saveur particulière, celle d'une petite victoire.

14.

Il est 22 heures et la nuit est tombée sur Paris. Les rues bougent encore, rien ne s'arrête dans la capitale. Harchéchamp reste un souvenir mouvementé, un épisode prenant. Je suis seule dans la grande demeure familiale. Adil est dans l'avion pour Dehli où il doit donner une série de conférences dans toute l'Asie. Sophia retrouve ses parents pour leur anniversaire de mariage en Virginie. Marie promène son nez au Japon pour un viticulteur de la petite ville de Kai dans le district de Yamanashi. Maritie est de permanence à l'IML.

Mon esprit divague. Je vais me ressourcer dans le laboratoire de mamie Hélène et Roger. Le petit temple de connaissance et du savoir, sera, pour les heures à venir mon sanctuaire. Je me pose sur la cathèdre de la bibliothèque des Avicenne. Devant moi, sous mes yeux, la tablette d'Irak, notre tablette. Elle flotte dans sa cage de verre, à chacune de mes approches, la tablette se fige, puis suit mes déplacements. Dans le carnet des Avicenne, il y est inscrit que notre tablette est la première d'une série à tables trigonométriques. Pourquoi pas de table sur la nôtre. Pourtant il est avéré qu'elles s'emboitent parfaitement entre elles. Son bord droit taillé parfaitement comme un signe fin, une ponctuation. Serait-elle l'aboutissement d'une série, ou simplement la fin, la clôture, le bout, la limite, le terme, la finalité, la sentence ?

Cette pierre est presque magique, animée, vivante. Rien dans la technologie d'y il y a près de 4000 ans nous indique que les Babyloniens eussent pu faire flotter un morceau d'argile. Cependant, jamais personne n'a pu avoir en main ce rectangle, sauf moi et mes deux précédentes parentes.

Pourquoi suis-je, aujourd'hui subjuguée par ce mystère, par ce flottement ? Vraiment Mélissende, ce n'est pas le moment de laisser ton esprit divaguer. Pourtant il faut que j'éclaircisse cette bizarrerie, cette intrigue.

J'ai toujours dans mes mains le carnet de cuir noir. À nouveau, je le feuillète. Sa lecture est parfois insipide, ardue, même incohérente. Je tourne les pages. C'est étrange, je n'avais jamais prêté attention aux chiffres et nombres écrits délicatement et distinctement aux bas de certaines pages.

— Héléna ! Peux-tu décrypter ces suites de chiffres ?

— Je vais tenter de faire cela.

Je tourne doucement, en pleine lumière, toutes les pages du petit carnet. Pendant que mon assistante décode les feuillets, je me recentre sur l'objectif, Circé. J'ai besoin de dormir un peu ; Il est minuit, je vais faire une courte nuit, cependant il me faut reprendre mes esprits.

Qu'ai-je donc ! Une pièce du tangram, la troisième. Des jetons du jeu de Go servis au même moment, juste avant mon départ dans la Chimère. Et surtout ma mémoire, des vidéos, des sons, des odeurs, un cadavre ainsi que les analyses de mes compères de la Quintessence. Oui, il me reste l'exocet, détenu et étudié par des autorités spécialisées indochinoises. Il me faut cet exocet, ce poisson volant, meurtrier, destructeur.

— Je t'ai entendu, Mélissende !

— Tiens donc Machine-machine. Qu'entends-tu ?

— J'écoute toutes les conversations, et je capte toutes les vidéos qui ont trait à votre poisson meurtrier.

— Je suis curieuse et dubitative. Mais, pourquoi pas.

— Je ne peux pas tout avoir, cependant j'ai de quoi t'alimenter. Je résume. Je te préviens, les scientifiques d'Asie viennent de percevoir l'objet il y a peu de temps. Ils ont commencé leurs investigations il y a à peine plus d'une heure. Je te fais presque du direct.

Tous ces illustres personnages sont dans une pièce ronde, comme celle qu'utilisaient les anciens chercheurs, les alchimistes, dans les châteaux ou les palais de leurs mécènes. Cette rondeur ressemble à s'y méprendre au Jaswant Thada, mais plutôt à ce palais restauré par des fonds privés indochinois. C'est une réplique de diverses bâtisses autour du lac de Jodhpur.

Ces demeures de Maharaja ou de dignitaires avaient comme centre une pièce ronde plus ou moins grande. Celle-ci pouvait contenir un petit groupe autour d'une table en granite.

La carcasse de la bête est fine et totalement étanche. Pour l'instant, ils palabrent, discutent, échangent, tournent en rond. Le temps s'écoule, avec lenteur, doucement, péniblement et sans cesse il semble s'arrêter. Comme si, dans ce coin de la terre, le temps n'avait pas de prise sur les scientifiques, sur l'envie d'explorer. C'est un temps, des secondes, des minutes, des heures monastiques, le temps devient kesa, devient ocre. À chaque son, à chaque résonance de gong, de cloche, une profonde médiation sortait des aiguilles de l'horloge du laboratoire. Que cela me semble long. Subitement les blouses blanches se figent, se dressent, sans bouger. Dans le coin du laboratoire, des généraux surgissent. Comme à la parade, les officiers supérieurs inspectent, scrutent, et parfois invectivent. Un homme s'avance, fier et digne face à l'aréopage. Il présente avec satisfaction le groupe de chercheurs et de savants. Les militaires s'écartent. Depuis leurs assises, ils observent avec intérêt les manipulations et les investigations des hommes en blanc.

     — Dis voir Double M, crois-tu qu'ils en ont pour longtemps à tergiverser et même à faire semblant. Parce que là, ils ne savent vraisemblablement pas où commencer.

     — Bonne question, Mélissende !

     — Nous venons de visionner le léger différé. Actuellement c'est du direct. Je découvre les images tout comme vous.

Ils décident de percer, découper. Voilà un assistant, une perceuse à la main, il s'attaque à droite, juste entre l'opercule et la nageoire pectorale. Le foret tourne vite et rapidement, aidée par la pression exercée efficacement du jeune homme, la vrille a totalement traversé le faux poisson. Il retire la perceuse.

En arrivant au bout de son emploi, en sortant le foret de l'animal d'acier, subitement la tête, une partie mobile, sa mâchoire encore ensanglantée, bascule autour d'un axe inférieur. Le jeune homme recule de peur et l'assistance montre des expressions de frayeurs. Une petite fumée sort du reste de l'engin.

La surprise étant passée, les ingénieurs, techniciens et chercheurs s'affairent autour de la machine infernale. Les militaires ne craignant plus pour leurs vies prennent de l'assurance et se mêlent aux blouses blanches.

Les caméras sont subitement rouges. Toutes les caméras du laboratoire sont incarnates. Plus rien, plus aucune image distincte. Sur la caméra la plus éloignée, une matière visqueuse coralline coule lentement. Une scène commence à apparaitre. La blancheur des carreaux de faïence et du sol laissent place à un amalgame de chairs inertes. L'exocet s'est presque totalement volatilisé. De lui, juste, de petits morceaux de métal gisent sur la table de granite. Le poisson a déployé ses écailles tranchantes dans toute la pièce, tailladant, déchiquetant au passage, les corps des curieux imprudents. La réplique était tellement bluffante de par son inertie, sa torpeur, qu'elle semblait inoffensive. Une multitude de carreaux de faïence sont éclatés, brisés, fendus. Des corps, au sol, tressaillent, parfois même, le sang gicle de certaines jugulaires. La petite pièce ensanglantée où refroidissent huit scientifiques et les 12 militaires ressemblent au fond d'un robot de cuisine qui vient de hacher de la viande. Le contour en plastique transparent du robot, est couvert de lambeaux de chair et de sang. De fines et petites gouttes glissent doucement au fond du bol.

— Elle est terrible, Circé. Encore 20 morts d'un coup. Mais pourquoi ont-ils fait cavalier seul.

— Héléna et Double M, avez-vous des images, du son ?

— Mélissende, personnellement je n'ai rien. Ce que j'ai, je le tiens de Double M, qui vient de se déconnecter.

— Alors Héléna, envoie !

— Mélissende, ne sois pas surprise, c'est une petite séquence de 47 secondes.

— Oui, je comprends qu'il a tout filtré. Il n'a laissé que la scène de l'explosion.

Héléna enclenche le déroulé des enregistrements des différentes caméras du laboratoire indochinois. Il y a un passage de 21 secondes où les membres du labo s'affairent autour de l'engin.

Les 20 secondes suivantes montrent l'ensemble des curieux militaires rassemblés, agglutinés qui interrogent les cols blancs autour du poisson de métal. Je vois parfaitement les doigts pointés, les mines interrogatives, les yeux fusiller le regard des chercheurs désespérés. Les 6 dernières secondes se consacrent…

— Héléna stop !

— Qu'as-tu vu, aperçu que nous avons manqué ?

— Fais un retour de 12 secondes. Puis un ralenti.

— Voici !

Les images défilent doucement.

— Héléna, met les images en Hologramme 3D, avec résolution intuitive.

La salle est maintenant au centre de la pièce. Tous les acteurs sont devant moi. Je rentre dans le flux holographique. La scène bouge simplement dans un ralenti macabre. Je fixe un militaire, le plus jeune, 8 secondes avant la tragédie, il tapote sur son bras, il rentre en conversation avec son interlocuteur impoli. Il entame une conversation. J'arrête la diffusion et demande à Héléna d'observer avec moi, le regard du jeune officier indien.

Les yeux deviennent subitement ronds et écarquillés de peur. L'effroi se lit sur son visage qui, à la seconde reçoit les écailles tranchantes, meurtrières et destructrices. Sa mort prend la place de son épouvante.

— Héléna, trouve-moi l'interlocuteur du jeune militaire.

— Elle ne trouvera pas.

— Tiens, de retour, Double M ?

— Oui désolé. Héléna ne peut pas trouver, elle ne dispose pas des réseaux. L'objet mortel dispose d'une technologie qui commence à dater, pourtant peu répandu pour le grand public. Dès que la partie mobile a été détachée, une machine infernale s'est déclenchée. Un signal actionne un scanner qui scrute tous les appareils autour de lui. Il en extrait un numéro lisible. Il fait cet appel et une voix préenregistrée discute avec l'interlocuteur.

Malheureusement le jeune officier a pris la conversation. Le décompte est déclenché, l'explosion et inévitablement, inéluctablement, immanquablement la mort est au bout du tictac.

— Cher Double M, belle piste qui est morte, sans issue.

— Oh les deux IA. Elle n'est pas sans issue, cette piste. Double M tu as de l'audio ? Donne-les à Héléna qui a les bons logiciels.

— Moi aussi, j'ai de bons logiciels.

— Alors, travaillez tous les deux.

Je pouvais presque entendre la jubilation d'Héléna qui triturait les sons provenant de Double M.. Les différents logiciels tout à fait uniques, que j'ai mis au point pour Héléna faisaient parfaitement leurs offices. Elle savait, que Double M ne pouvait pas rivaliser. Et en effet Héléna, ma merveille, mon Moi avait fini. Elle a gagné. Un son clair, dépourvu de parasites extérieurs à la voix du jeune homme. La surprise est venue de celle de son correspondant. Voici leurs échanges:

— Bonjour, je suis Circé. La garce utilise sa voix la plus douce et pulpeuse qu'elle possède.

— Je suis John LEE. Dis le soldat, avec dans son timbre de voix teintée de surprise qui laisse rapidement la place à de l'intérêt. Le visage du militaire s'illumine en entendant la rousse lui susurrer des mots doux. Il la questionne avec timidité.

— Circé, peut-on se voir rapidement ?

— Dans 5, 4, tu vas mourir, vous allez tous mourir dans ce labo.3, 2. Maintenant, au revoir ! 1, BOUM !

Le son et les images sont coupés. La dernière information c'est que c'est bien la garce, celle qui a joué à l'hétaïre avec le jeune soldat, qui est l'instigatrice de ce massacre. Piste morte. Même les débris ne nous apporteront aucun autre élément probant. Ce que je peux affirmer, c'est que, sans l'intervention du militaire, il n'y a pas de décompte.

— Héléna ! Il me faut plus de paramètres pour pouvoir trouver où se cache Circé. Interroge Double M, Margaret, Enos et tous les IA, qui peuvent nous servir.

— Je m'en occupe. Tu n'as rien qui pourrait orienter nos recherches ? Je t'avoue : aller dans tous les sens est loin d'être productif.

— J'ai des pistes pour vous. Il me serait utile de connaitre tous les relevés d'évènements, des mouvements aériens sur la mer d'Égée, si possible avec le plus de précisions. Tous les évènements insolites provenant d'iles, d'archipels ou de terres isolées. Quand je parle d'évènements, j'entends, vibrations, chants, engins ou mouvements de personnes.

— Cela nous suffira.

— Je vais me détendre l'esprit. Je m'installe dans la bibliothèque des Avicennes, dans la salle de la tablette. J'ai faim et soif.

— Je t'apporte tes fruits de l'air, de l'angélique et du soupir d'été.

— Belle idée, j'approuve, Héléna.

Me voilà, à nouveau devant cette tablette. Que veut-elle me raconter.

— Mélissende, le travail que tu m'as confié, il y a quelques heures, est terminé.

— J'ai hâte de connaitre le mystère du carnet.

— En fait, c'est un message codé en alphanumérique qui dévoile une phrase étrange, que, personnellement, je ne comprends pas.

— Bon, Héléna, j'aurai un jour cette fameuse phrase ?

— Désolée. La voici : 7'92324 71252216923 212513 513179 et trois feuilles plus loin le nombre 1936. C'est un code simple A1Z26 avec une valeur de la première lettre 5. Cela correspond …

— C'est Charles qui aime.

— Oui c'est cela. Tu peux préciser pourquoi Charles. Est-ce ton arrière-grand-père, Mélissende ?

— Héléna, Charles, a été fusillé par les nazis en 1941. Cela, tu le savais, mais pourquoi Charles est nommé sur le carnet ?

— Je t'avoue que je ne comprends pas Mélissende. Cette phrase est énigmatique.

Elle n'a pas de sens. D'autant qu'il reste le nombre 1936, qui ne correspond à rien de sensé.

C'est alors que je me replonge dans mes souvenirs de jeunesse. J'entends Papi Roger parler de son Papa. Le père de Roger était, comme beaucoup de mes ancêtres, taquin, joueur et même cabotin. Je le soupçonne d'avoir inséré un message destiné à ses descendants. Je décide d'aller dans le duplex pour feuilleter les souvenirs de la famille. Dvorak et la symphonie du Nouveau Monde ou Tangerin Dream avec Rubycon auront vite fait de me plonger dans une profonde méditation ou de m'ouvrir à de nouvelles divagations cérébrales. Je décide d'écouter Rubycon.

Je dégage un album photo jaunissant, au hasard, qui se trouve sur l'étagère de la bibliothèque spécialement dédiée aux souvenirs. En fait, je me mens, j'ai simplement remarqué l'annotation sur la tranche, Léonie et Charles 1935 – 1938. Cette reliure précède le dernier identifié par 1938. Un soudain vide s'empare de moi. Après 6mn32 de nonchalances mélodiques, les arpèges délivrent une puissance obscure et énigmatique. L'exécution de Charles par les nazis semble plus angoissante. À la suite de ces secondes de tristesse et de vide, je tourne la couverture de l'album que j'ai extrait de l'antique meuble en châtaignier. Sur la première page, posée au centre du carton noir, une grande photo cannelée.

Je regarde, assise sur une chaise haute, Léonie, elle est fière, souriante, elle est jeune et belle, elle affiche ses 23 ans. Elle porte avec élégance une robe droite cintrée en damier de losanges. Une grosse ceinture foncée fermée par un magnifique nœud à 4 boucles qui enserre sa taille fine. Je remarque avec joie la broche en argent et or jaune épinglée sur la robe, à la hauteur du cœur. Le chiffre 5 sur le ruban de Mödius, le symbole de l'infini donne de l'envergure à la prise de vue.

La main gauche de Charles est posée avec délicatesse sur l'épaule droite de sa compagne. Pour l'occasion il a gardé sa blouse blanche de chercheur. Le tissu est tendu aux avant-bras par un élastique glissé juste au-dessus de chaque coude. Je distingue qu'il avait conservé à ses pieds, ses chaussons de moletons. Mamie me contait parfois les frasques de son père. Leur fille âgée de 4 ans, Hélène, la première du nom est debout.

Ma grand-mère porte une jupe plissée, qui semble être de style écossais, un chemisier très clair avec sous l'encolure un gros flot foncé. Les cheveux déjà longs ont été bouclés et forment des vagues ondulées, la faisant passer pour plus âgée qu'elle ne l'est. Les lumières artificielles projetées sur la petite famille mettent en évidence l'ensemble du décor. Je reconnais aisément la pièce que j'occupe actuellement. Rien de choquant dans cette prise de vue, même la différence d'âge entre mes ancêtres reste naturelle. Le bureau où je me tiens figurait déjà sur ce rectangle de papier vieillissant. Le plateau est presque vide, seul, au centre une pile de carnets. Les livres de bord de Charles.

— Héléna, je sais pourquoi Charles a mis 1936 sur ce petit carnet.

— Je suis curieuse, Mélissende.

— Il doit avoir inscrit, noté une indication sur son livre de bord à l'année 1936. Je retire la photo de son support avec énergie.

Je retourne rapidement, tout excitée, dans l'antre des Avicenne, l'emprunt entre mes doigts. Dans ces lieux où sont rassemblés nombre d'ouvrages ou d'écrits des plus anciens, date du premier Avicenne. J'ai toujours plaisir à lire les quelques pages originales du canon de la médecine. Je dévore avec délectation les rares feuillets sur le traité de l'âme et du destin, ainsi que le manuscrit du guide de la sagesse.

Je tire du rayonnage l'épais livre de bord de Charles. J'ordonne immédiatement à Héléna de scanner chaque page. C'est étrange, en effet que je n'eusse jamais ouvert les livres de bord. Le temps ou l'occasion ne m'a pas permis de le faire. Je tourne les pages de l'année 1936, plus que 2 feuilles J'y suis. Mes yeux, d'impatience, scrutent les premières calligraphies. Je découvre, simplement, le secret de la tablette.

15.

Il est 08 h 30 ce vendredi 11 mai 1934, j'entends mes étudiants. J'entends leurs pas lourds et trépidants. J'entends les rires de la jeunesse inconsciente et volatile. J'entends les voix de ces jeunes hommes et jeunes femmes qui ont échappé aux horreurs de la guerre. Le printemps murmure son dernier tiers, que mes dernières années passeront à finir leur thèse. Ils dévalent les marches des gradins et se posent. En haut, à ma gauche, assise sur l'avant-dernier banc, avec son pupitre devant elle. Elle me sourit. Cela fait des mois et des mois que mes yeux, mon regard croisent le sien. Et, à chaque échange, elle me prodigue un large sourire. C'est la seule femme de mon cours de sciences physiques appliquées. Mes spécialités sont l'électricité, le magnétisme et bien d'autres horreurs. Dans ce haut lieu d'études et de savoir, je n'ai pas de chaire. La Sorbonne m'accorde une heure par semaine pour tout étudiant qui veut approfondir ses connaissances. Les 50 minutes que m'accorde le doyen sont juste un échange avec cette jeunesse avide. Léonie est la plus douée, la plus pétillante, la plus passionnée, gloutonne et surtout la plus pertinente de la promotion. Depuis la rentrée universitaire, elle n'a jamais manqué un seul échange dans cet amphithéâtre destiné à la géologie.

Cet amphithéâtre est accoudé à la chapelle et on y rentre par la galerie Jean Gerson. Dessiné dans un demi-cercle tout de bois vêtu, il offre à peine 170 places. L'odeur de sylve et de cire d'abeille exalte les neurones de presque tous mes auditeurs. Il se fait tard. Cela fait des mois qu'ils m'écoutent, parfois certains s'endorment, mais restent fidèles, c'est touchant. Après mes démonstrations, ils sortent exténués, engourdis de connaissances. Une seule se lève et m'envoie une dernière question. Elle se plante avec son gros ventre prêt à faire éclore. Léonie cumule les péchés, c'est une jeune fille, une étudiante, et c'est plutôt rare. Elle est enceinte, c'est encore plus inaccoutumé, exceptionnel et même singulier.

Ce n'est rien quand le doyen a appris qu'un professeur a osé mettre une étudiante de 24 ans plus jeune, enceinte. C'est dire, que nous étions immoraux, au bord de l'excommunication pour certains, pour d'autres nous étions frappés d'anathème.

— Mademoiselle, permettez que je n'y réponde point. Je vous informe que c'est notre dernier cours. Il se trouve que le doyen récupère cet amphithéâtre, qui retrouvera, pour l'occasion, sa science d'origine, la géologie. Mesdemoiselles et Messieurs, avant de vous quitter, garder à l'esprit, que quoiqu'il se passe dans votre vie, ne soyez pas sages et restez libres. Et comme me disait un ami d'enfance : « à toute connaissance il y a une réponse à une question. S'il n'y a pas de question, il ne saurait y avoir une connaissance scientifique. Alors rien ne va de soi, rien n'est donné. Remettez en question tout fondement. Il y a du vide entre le réalisme et le rationalisme. » J'empruntais une dernière fois, les couloirs de ce palais de l'enseignement, de la recherche et de la science.

Désormais, les bancs sont dépourvus de ces tumultueux êtres fiers, de leur jeunesse et satisfaits de l'acquit, ils sont tous sortis. Accrochée à mon coude, Léonie, la seule femme que je n'ai jamais aimée, m'interroge sur cette dernière envolée.

— Charles, je ne connaissais pas cette tirade. Qui est ton ami d'enfance ?

— Nous étions à l'école communale ensemble à Bar-sur-Aube. Nous nous sommes séparés quand Gaston emprunta les coulisses de la philosophie, alors que moi je choisissais les abysses des mathématiques et des sciences. Parfois aux détours des couloirs nous refaisions le monde où nous échangions nos points de vue. Mais une seule maxime nous lie, douter et douter toujours.

— Tu veux parler de Gaston Bachelard. C'est vrai qu'il a le même âge que toi. S'il te plait, rentrons vite. Notre enfant a hâte.

Avec son bras droit, elle soutient le fruit de notre amour. Léonie est au bord de l'implosion. C'est une question d'heure.

Nous retournons rue de l'Arbre sec, après avoir franchi la porte du grand salon, Léonie m'envoie dans mon laboratoire.

— Merci Léonie.

Je dévale les escaliers. Dans mon antre, j'ai une expérience en cours. Non j'ai plutôt une irrésistible envie de jouer avec l'avidité de mes contemporains.

Me voilà face à la mise en place de ma tablette d'argile. Elle est finie, le noyau en aimant d'alliage de fer me donne satisfaction. Le plateau en bois précieux lui aussi renferme un aimant en forme de pyramide aplatie. J'ai subtilisé la broche des Avicennes pour y intégrer un fort aimant qui devrait réagir avec la tablette.

Je pose une cloche en verre cerclée d'acier. Cloche, garnie d'acier coulé dans une épaisse masse de verre que j'ai fait faire par un artisan. Je dois dire que mon artiste, lors de notre première rencontre, m'a pris pour un fou. Je voulais que ce verre soit très résistant. Qu'il soit fait pour ne pas céder aux assauts des futurs curieux, qu'ils soient, militaires, scientifiques ou simples quidam. J'avais imaginé une méthode, un plan, un modus opérandi pour la fabrication de cette coupole. Après traitement de la couleur jaune de l'ambre, je fais mélanger, couche par couche cet ambre éclairci et transmuté en liquide, à la pâte de verre gluante et incandescente. Après plusieurs expériences, plus de 625, le verre prit enfin forme. C'est un bulbe presque indestructible, que nous avons réalisé mon artisan et moi. Elle me servira parfaitement pour couvrir la tablette pour en assurer mon illusion. Un petit mécanise, simple et rudimentaire me sert à verrouiller le dôme de verre de son plateau en bois. C'est un grand moment. C'est une première. Tout est en place. J'ai un ultime essai à faire, la fermeture de mon illusion. Sur ma table de travail, la cloche nouvellement ouvrée, la tablette, le socle en bois et la broche.

J'ai la tablette dans mes mains, je suis debout face au socle. À la verticale, je descends lentement le morceau d'argile et dès que je ressens une résistance, je retiens mon souffle. J'écarte mes doigts, doucement, j'écarquille mes yeux.

Mes mains, elles aussi s'écartent de la plaquette. Miracle du magnétisme. Prodige, phénomène extraordinaire d'attirance entre les pôles négatifs et positifs qui s'aiment ou se rejettent, se repoussent selon la manière dont on les associe. La fausse Plimpton flotte doucement.

J'adore cette science, j'idolâtre, je révère, je glorifie la science, oh, elle a tant à nous donner et nous apporter.

Autour de la cloche qui m'a demandé tant d'expérimentations, les cerclages sont du plus bel effet. Elle est lourde, très lourde, c'est la sensation que je voulais reproduire, c'est exactement ma représentation mentale, elle est parfaite.

C'est le moment de vérité. J'approche la broche. Je la déplace vers la droite, la tablette qui se trouve à 10 centimètres en suspension perchée au-dessus du socle de bois, suit l'emblème. Puis elle se tourne dans l'autre sens quand je déplace le Ruban de Mobius vers la gauche.

Il me reste à vérifier le verrouillage de mon illusion. La clé c'est la broche. Dès que j'éloigne le bijou, le cerclage, au contact du socle, réagit à l'attraction de l'aimant périphérique, ainsi la cloche est solidaire de son socle. En approchant, à bout touchant, la broche du socle, le mécanisme se libère et il devient aisé de soulever le globe de verre. Je place ma supercherie sur la table centrale de la bibliothèque.

La sérénité de la pièce laisse place à des gémissements aigus. J'avais laissé les portes ouvertes, pour entendre tout appel venant des chambres du haut. Je monte deux par deux les escaliers me menant où Léonie est posée sur sa chaise d'accouchement. Elle a construit une sorte de chaise avec des supports pour pouvoir écarter les cuisses et se maintenir ferme lors des poussées par de solides poignées. Cette chaise est inclinée faisant penser à une chaise longue commune sur les plages au bord de l'eau en été. Léonie a toujours eu des idées saugrenues, insolites et inattendues. Une telle position pour accoucher, à moitié assise, en voilà une idée ! Pour la soutenir deux cornettes. Non pas des militaires, mais bien des religieuses.

Je m'éclipse, car la vue du sang me fait tourner de l'œil. Un verre de bourgogne à la main qui ne tarde pas à se vider et à se remplir à nouveau. Au troisième verre : des cris … Non des pleurs ! C'est mon enfant. J'ouvre la porte, le tabouret avait disparu, Léonie et le bébé étaient couchés sur la table drapée de blanc. Les deux religieuses mains jointes prient bouches closes. L'une d'elles, la plus proche, s'avance vers moi.

— Monsieur, c'est une fille. Comment allez-vous l'appeler ?

— Ma sœur, demandez à Léonie. C'est elle la mère. C'est sa chaire, elle décide.

Quel que soit le nom que sa maman choisit, ce sera le plus beau nom du monde.

Léonie tend son bras gauche vers moi. Au plus près, elle me serre ma main et d'une voix douce, mais épuisée, prononce le nom de l'enfant. Ce sera Hélène.

— Mes sœurs, vous avez entendu, sa fille s'appelle, Hélène.

J'ai passé les jours suivants, cette fin de semaine, aux côtés de mes deux femmes, à les choyer, à les dorloter.

16.

Les images de mes ancêtres me plongent dans une mélancolie pitoyable et dévastatrice. J'exècre, de me laisser emporter par ce sentiment qui me rend vulnérable. Je suis toujours dans cette bibliothèque, les yeux rivés sur la plimpton des Avicenne. Mélissende, il faut que tu laisses ton cerveau divaguer. Laisse-le faire. Tu sais bien que c'est dans ces errances, ces transports que tu trouves ou retrouves certaines pistes d'investigations. Je profite de ces lieux pour me laisser partir. Le silence qui m'était pesant devient léger, aérien, vaporeux. Des images se télescopent dans mon esprit. Les morceaux du tangram, les jetons de Go, l'eau salée, mon voyage dans Chimère avec la rousse, oui la rousse, la rousse Circé.

— Héléna, contacte Doriane, les 2 comiques du BEI et 3A.

— Mélissende ! Il est minuit 34.

— Et alors !

— OK, que puis-je leur dire ?

— Rendez-vous dans le bureau de Doriane à 07 h 00. Et, mets-moi en relation avec Maritie pour que je lui demande de venir aussi.

Nous voici réunis toutes et tous dans le bureau de la Substitute. Je marche à pas énergiques dans le couloir menant au bureau feutré de la magistrate. Maritie me suit difficilement avec encore dans sa main un morceau meurtri de son croissant qu'elle a entamé dans les murs de l'ancienne Banque de France. Je l'entends bougonner. Mon pied droit franchit le pas-de-porte.

— Vous avez bien dormi ? Je n'attends et n'entends pas de réponse.

— Je l'espère, car pour vous, les prochaines heures ne vont pas être de tout repos.

Dans un même élan, ils me demandent pourquoi.

— Enfin, voyons, moi je sais où est Circé.

Doriane se lève de sa chaise et m'interpelle.

— Alors, allons-y !

— Je vous donne l'adresse et vous partez, la fleur au fusil. Vous oubliez que c'est Circé et Chimère. Marie, avec son nez fin, nous dit que c'est en Méditerranée, et plus précisément dans le parallélépipède délimité par les villes d'Athènes, de Samos, Lindos et de La Canée.

Pendant que je définis le secteur, Doriane projette un hologramme géographique du lieu que je décris. Je poursuis ma démonstration.

— Chimère fut touchée par deux fois. La seconde à Harchéchamp et la première lors du tsunami du détroit d'Ormuz. Ces deux sorties ont terriblement endommagé Chimère. Ce qui est extraordinaire c'est que j'ai plus de renseignements concernant Chimère et Circé lors de mon escapade dans le golf persique que lors de l'enterrement de nos compagnons. À la lumière de ces renseignements et l'estimation des avaries de Chimère, l'engin n'a pas pu parcourir plus de 3 000 km.

— Mélissende, cela fait une grande distance !

— Oui et non Rod. En fait cela confirme la première localisation. Il faut nous concentrer sur un archipel, ou une ile assez grande et relativement désertique, en pleine mer, mais pas trop éloigner d'un continent, soit la Grèce ou la Turquie. Une ile qui pourrait être protégée par plusieurs autres, plus petites et qui ne présentent aucun intérêt.

— Si tu crois qu'elle se trouve dans ton carré, soit. Il y a tant de lieux qui correspondent. J'ai des doutes.

— Au lieu de croire. Garde à l'esprit les faits. Monsieur 3A.

— Héléna ! As-tu analysé mes hypothèses ? Tu peux me sortir des lieux, des sites, des positions, au pire un ou deux secteurs ?

— Oui, j'ai tout ce qu'il faut. C'était simple. J'ai sélectionné trois groupes d'iles qui sont, Keros, Arki et Leros.

Au loin, je reconnais la démarche et le son un peu aigu de ses pas sur les tapis du couloir menant au bureau de la Substitute.

— Mesdames, Messieurs. Où en est-on ?

— Je ne vous ai pas convié, que je sache.

— C'est moi qui ai pris cette initiative, Mélissende. J'ai pensé qu'avec les moyens qu'elle dispose, elle pourrait nous être utile.

— Vous n'avez pas besoin de vous justifier. Je suis assez grande pour le faire moi-même. Réponds avec fermeté, la nouvelle arrivée.

— Je regarde les deux femmes se faire des politesses, un peu consternée.

— Oh ! La récrée est finie. Non, mais, je rêve !

En disant ces quelques mots, je regarde avec instance les deux magistrates. Puis rapidement, je leur tourne le dos, par dédain et mépris.

— Les trois hommes, avez-vous une stratégie ?

— Pour avoir le moindre espoir de choper cette salope, il faut attaquer les 3 iles en même temps.

— Tu as raison Phil, même avec ton accent irlandais, je t'ai compris.

— 3A, qu'elles sont les moyens dont tu disposes ?

— Mélissende….3A commence à me répondre quand la Baillive et Doriane interrompent le commissaire.

— Oh ! Mélissende, nous sommes là.

— Non, vous étiez entre vous. C'est bon maintenant, je peux compter sur vous 2 ?

La magistrate et la directrice nous rejoignent autour de l'heptagone.

— Je reprends pour les deux nouvelles. Il nous faut des moyens pour la choper, comme dirait Phil.

C'est alors que Tekla nous explique ce qu'elle met à notre disposition. Elle nous en dessine les contours. Avec les forces de sécurité turque et grecque, elle imagine encercler ces trois grappes d'iles.

Les puissances navales et leurs troupes de fantassins avec leurs soutiens aériens devraient prendre place rapidement. Elle poursuit en affirmant qu'à sa demande le Commandement interarmées de l'Espace (CIE), a demandé de pointer leurs satellites en mer d'Égée. Elle va mobiliser des drones de reconnaissances aériens et marins.

— Tekla, je peux espérer avoir ces moyens dans quel délai ?

— Nous sommes mardi. Jeudi, nous devrions pouvoir donner l'assaut.

— OK, parfait, tu prends tes hommes. Moi je réunis la quintessence. Je te ferai prévenir quand on sera sur place. D'ici là, silence radio. Je vous rappelle que je suis morte. Et que mon enterrement se fera dimanche. Dès demain les réseaux seront informés de mon décès, discrètement. Notre agent de liaison est Maritie, à jeudi.

Il est 06h00. Oui, il est bien, 06h00 en ce jeudi de Mai 2051. L'archipel de Dodécanèse est splendide, calme, un miroir. Au loin, je crois voir des silhouettes. Ce sont les fantômes des dieux grecs qu'Ulysse, lors de son voyage, aurait pu rencontrer. En cette décennie, le Cyclope, la Calypso et les Lotophages se seraient retrouvées face à moi, comme l'homme le Roi d'Ithaque en son temps, où est mon Homère. Maintenant, il ne manque que Circé.

Je suis sur le Youri Gagarine que je connais bien. Katinka, Maritie ainsi que Bronislav Nehdvedkov le jeune capitaine de corvette sont à mes côtés dans la passerelle. Avec un œil nous regardons au loin et avec l'autre nous scrutons les écrans de contrôles. Il y a exactement, 3 écrans recevant les liaisons satellites, 6 écrans divisés en 2 pour les drones cela fait 12 vues, 1 pour le chef d'escadron dirigeant l'attaque aérienne, un autre attribué au commandant des opérations navales et enfin le dernier affecté et alloué à la visioconférence. Il est 05 h 59, la mer Égée est sous tension. Une tension sereine et presque imperceptible. Il est 06 h 00.

Les navires avancent. Il y en a 3 par groupe d'iles. L'ile de Keros, est prise d'assaut et les hommes ne rencontrent aucune résistance.

La baillive qui se trouve sur le porte-aéronef du commandant ordonne aux forces maintenant disponibles de se concentrer plus à l'est vers l'ile de Leros.

Pendant que les fantassins touchent le sol de cette terre occupée principalement par des touristes, plus au nord, des drones sont abattus par des goélands vers l'ile d'Arki. Immédiatement Tekla prend le commandement avec énergie.

— Redéploiement des satellites sur l'ile d'Arki. Je veux que, toutes les forces en présence, convergent vers cette ile de malheur.

Je regarde avec stupéfaction le massacre prévisible que nous a préparé Circé. Quand les premiers bâtiments sont touchés et subissent de graves avaries, sous mes yeux, 2 frégates multi services déjà engagées, sont littéralement envoyées par le fond. Le massacre continu alors que 4 hélicoptères de combats partent vers les terres, des goélands tombent sur eux et ils explosent en vol. La baillive devient folle, elle demande encore d'engager du matériel et des hommes.

— Tekla, stop ! Ça ne sert à rien, on va à la catastrophe. Tu vois bien, nous sommes encore loin de l'ile, et il y a 2 frégates et 4 hélicoptères, soit environ 272 hommes au fond qui ont perdu la vie. Le bilan est déjà lourd.

— Que proposes-tu, petite maline ?

— Envoie des drones, si tu veux, pourtant il faut arrêter avec les pertes humaines. Nous allons établir des bases, l'une sur l'ile d'Agathonisi, une autre sur l'ile Lipsi et la troisième sur l'ile de Patmos. Puis envoyez nos leurres pour éliminer tous les Goélands. De cette manière, l'espace aérien nous sera acquis. Et enfin, prendre d'assaut l'ile par les voies aériennes puis terrestres. Tékla, il faut agir vite, sans répit.

Dans le poste de pilotage, la tension est palpable. Katinka me souffle dans l'oreille.

— Bonne stratégie.

Je scrute les écrans. Les hélicoptères déploient les leurres. 20 goélands se jettent sur ces boules scintillantes, puis explosent.

Le ciel est maintenant bien dégagé, nous avons retrouvé la maitrise des airs. Les hélicoptères de combat se mettent en stationnaire au-dessus de l'ile, alors que les fantassins envahissent le sol.

Depuis quelques minutes le Gagarin compte à son bord Marie, Sophia et Adil, nous voilà donc au complet. Katinka donne l'ordre à Bronislav de faire route sur l'ile d'Arki, quand soudain une voix se fait entendre.

— Bonjour la Quintessence.

— Bonjour Double M.. Ça fait un moment !

— Si vous cherchez Circé, elle n'est plus sur l'ile.

— Et c'est maintenant que tu me le dis. Il t'a fallu autant de morts pour que tu réagisses ?

— Dès l'approche des premiers bâtiments, elle s'est éclipsée. J'ai tenté de rentrer en contact avec vous, mais vous étiez sur un réseau interne. Je viens seulement d'y accéder.

— Tu as pu la tracer, la suivre ?

— Mélissende, j'ai juste pu voir la direction qu'elle a empruntée, le nord. Vous aviez tant émis de brouillage que pendant plusieurs heures c'était impénétrable. Il en va de même pour vos satellites qui étaient pointés uniquement sur votre terrain d'opération, qu'il m'était impossible de voir ce qui se passait autour. En vous protégeant ainsi, vous m'avez rendu aveugle, ou presque. Il faut que je cherche, pour cela il me faut l'aide de mes consœurs, Margaret, Enos et celle du BEI, sans oublier Héléna.

— OK ? Double M. Prends en compte le fait que chimère a des avaries. Tu m'informes dès la première piste.

Nous voilà amarrés, les fantassins nous attendent. Nous sommes désormais sur cette terre presque désertique. Je vois un bâtiment ancré dans le sol ne faisant qu'un avec les rochers d'Arki. Nous suivons un chemin balisé par des blocs de pierre pâles, tristes inertes. C'est un mur de verre qui marque le sas d'entrée.

À notre arrivée, les portes s'ouvrent pour nous accueillir immédiatement. Maritie, Adil, Sophia, Marie et katinka rentrent avec moi dans un grand hall blanc.

Au fond, une console où se trouve une personne ou un objet qui semble être une hôtesse synthétique. Au niveau de sa poitrine gauche, une plaque où y est inscrit, Demi.

— Bonjour, Mélissende, Monsieur, Mesdames. Circé est désolée, elle a dû s'absenter. Je suis seule dans la Blanche.

Alors qu'elle répète le message, sa voix se déforme comme pour annoncer son extinction. Une timide fumée blanche sort de la pliure de son cou. Sa tête s'est subitement renversée sur le côté gauche. Sa bouche est restée entrouverte. Les yeux de Demi restent ouverts, grands ouverts, mais totalement vides, sans vie.

Les drones, précédant les soldats qui passent la seule porte située derrière le comptoir de l'hôtesse, Demi, a rendu sa dernière moitié, elle est inactive et inutile.

Je suis tout excitée. J'ai une impérieuse et présente envie de pénétrer dans l'antre de la bête. Car la synthétique nous a bien confirmé que Circé était présente dans ce bâtiment tout blanc. D'un bond, je m'assieds sur le comptoir devenu superflu et insignifiant, sauf pour mes fesses. Je regarde Marie toujours le nez en l'air. Maritie, elle rêvasse. Sophia est tremblotante, méfiante, aux aguets, en alerte. Katinka ? Elle nous a délaissé pour suivre ces hommes, en véritable guerrière, une adorable belliciste. Quant à Adil, il s'appuie dos contre les murs puis, comme un animal, les genoux et les mains paumes contre le sol à ressentir chaque vibration. Il n'a rien d'autre en tête que de comprendre, à sa manière, la blanche. Je contemple avec enthousiasme ma cour des miracles, ma quintessence. Je remarque au loin le personnel médical, poussant une civière, courir vers le hall. Il traverse rapidement, la pièce. Sophia est de plus en plus inquiète et fébrile. Maritie me lance un regard interrogatif. Quant aux 2 autres, ils restent accaparés par leurs observations.

Le temps passe et je ne fais rien, je ne sers à rien, cela commence par m'angoisser, ma patience est entamée, mes doigts tapotent doucement, puis avec énergie, maintenant, avec plus de vivacité le banc blanc où mon postérieur sied, je saute de mon perchoir.

Me voici devant cette porte. J'entends des pas. Katinka en tête, me montre avec fierté colorée de tristesse, son trophée. Couchée sur le palanquin, une jeune femme.

— Qui est-ce ?

Katinka me répond qu'elle n'en sait rien. À cette question les membres de la quintessence me rejoignent.

— Héléna et Double M vous m'entendez ? Dites-moi en plus sur elle ?

Héléna me répond qu'ils y travaillent.

Les roulettes du vieux brancard, grincent, couinent, pleurent d'avoir été sorties de leurs torpeurs. En passant devant nous, je fais signe aux infirmiers, avec la main gauche, de s'arrêter. C'est une jeune femme totalement endormie, les pieds et les mains sont attachés par des colliers en plastique. Les bras et les jambes sont nus, elle ne porte qu'une chemise d'homme, trop grande pour elle, partiellement déchirée. Maritie me fait remarquer qu'elle est marquée de tuméfactions et que son visage est déformé par des intumescences. Comme par peur, pour ne pas oublier, elle serre avec énergie et crispation un réceptacle en bois de la grandeur des boites d'allumettes communes au XXe siècle. Elle n'a rien d'autre que cet écrin. Perdue dans son inertie, dans sa catalepsie, elle nous laisse tant d'interrogations. Je regarde un infirmier et lui demande :

— Vous n'avez rien trouvé sur elle, quelque chose qui nous permette de l'identifier ?

— Non, mademoiselle. On l'a trouvée sur une chaise les pieds et mains attachés.

— Et jamais, il ne vous viendrait à l'esprit de lui défaire ses liens. Vous ne risquez rien, elle est amorphe.

Il s'empresse de libérer ces membres. Elle ne bouge pas. Elle tient toujours aussi fermement sa caissette.

— Alors les deux génies, vous n'avez rien sur elle. Aucune identification. Rien. Nichego, niet ! Vous servez à quoi, en interrogeant les 2 IA ?

— Vous l'amenez dans quel centre d'évaluation, en m'adressant à nouveau aux militaires.

— Nous allons au centre d'Athènes. Un bilan médical sera fait directement dans l'hélicoptère par notre médecin.

— OK ! On vous rejoint là-bas.

Le couinement des roues recommence, puis, au fur et à mesure de l'éloignement, il disparait.

Après cette parenthèse d'interrogations, nous laissons derrière nous le hall d'entrée pour nous plonger dans le cœur du bâtiment. Alors que nous sommes au milieu d'un couloir aussi blanc que triste et lugubre, un officier m'interpelle. Il nous fait rentrer dans une pièce banale qui aurait pu servir de salle de conférences. À mon arrivée, les premières notent du Jeu de vagues de l'esquisse symphonique de Debussy, la Mer. Au même moment, face à l'entrée, sur le mur blanc, Circé apparait. Elle se révèle immense, dominatrice. Sa voix transperce la pièce, elle est omniprésente. Maintenant tous les murs sont couverts de son visage. Elle nous fait les présentations avec beaucoup d'arrogance.

— Bonjour Mélissende. Heureuse de te revoir. Bonjour la Quintessence. Oh il y a de nouveaux visages. Le Monsieur ne m'est pas inconnu, c'est Adil Rajana, à ses côtés, je retrouve Marie Robert-Guidat, la plus jeune membre et la revois avec plaisir Sophia, la plus fébrile du groupe. Vous vous demandez comment je puis connaitre les nouveaux ! Ma petite bête coincée accidentellement dans la structure du pont m'en a appris sur vous, alors qu'elle était rue de l'Arbre Sec. Vous n'êtes que 4. Le dernier est un éther, une vapeur, un nuage. Il ne se montre jamais cette exhalaison, cette brume, ce gaz qui n'est certainement pas le fils de Nyx et d'Erébe. Mélissende, j'avais presque oublié ta discrète Watson, Maritie. Et puis, j'ai vu passer, dans le couloir la fausse fille, la militaire russe, Katinka.

Je laisse la mégère s'écouter parler, alors que mes neurones se mettent à bouillonner. Je me demandais, un instant, pourquoi autant de cinéma, de théâtre. Je m'interroge, même, je m'inquiète. Nous nous avançons doucement, au son de la symphonie. J'ai subitement une drôle d'intuition, une aperception.

Par réflexe, je demande à l'officier de poser une chaise dans l'ouverture de la porte coulissante.

Nous sommes maintenant au centre de la pièce. Adil se rapproche de moi. Il pose sa main sur mon épaule en exerçant une pression, comme pour m'inviter à l'écouter.

— Mélissende, il ne faut pas rester ici. J'ai de drôles de vibrations, les murs frissonnent et chauffent.

Je le regarde avec étonnement. En voyant son regard. Je crie avec violence teintée de terreur.

— Dehors, tout le monde. Dehors !

Alors que nous nous dirigeons vers la porte donnant sur le couloir, la chaise commence à se tordre, à grincer, à doucement et inexorablement céder sous la pression de la porte, nous l'enjambons pour la plupart d'entre nous très facilement sauf pour Adil qui montre de la raideur grippée par de la panique. Nous sommes dans le couloir, nous passons dans le hall, nous fuyions.

Les portes vitrées du sas d'entrée sont fermées. Katinka nous attend en bon chef de groupe, en bon officier, afin de s'assurer d'avoir tous ses soldats. Les portes vitrées se sont refermées rapidement juste devant nous. Kakinka sort de son sac 3 pains de plastic qu'elle sépare en plusieurs petits morceaux. Elle les relie entre eux avec du cordon détonant, y plante un détonateur sur le morceau principal. Elle fait signe à son second, déjà à l'extérieur, de placer ces explosifs bien en face des siens. Puis elle nous demande de nous mettre à l'abri juste derrière le comptoir de Demi. Avec un geste assuré, elle relève sa manche gauche, et presse sur un des boutons de sa grosse montre. Un écran s'affiche. Je peux lire le mot explosion en cyrillique. Elle se tourne vers moi en me faisant un sourire.

J'entends Adil qui a une voix très précipitée, très empressée, je tourne ma tête vers lui, il me dit avec insistance qu'il faut se dépêcher. Que cela devient urgent. Mon regard se pose à nouveau sur celui de ma copine. Je lui retourne un grand sourire. Elle hausse ses sourcils et écarquille les yeux. Puis avec simplicité, appuie une nouvelle fois sur le bouton. Les explosions font éclater les parois de verre pour ne laisser que de la poussière et qu'un tas de gravats scintillant, désormais nous sommes libres et Adil lui, est soulagé.

Notre hélicoptère est posé un peu plus loin. Nous le rejoignons, pour regagner le Gagarin. Machinalement, durant notre vol, nos regards se tournent vers le QG de Circé. Le bâtiment s'effondre sur lui-même ne laissant que ruines et désolation. Je regarde notre sauveur. Adil, ayant compris qu'il avait eu beaucoup d'intuition, baisse la tête par modestie. Maritie et Sophie, les plus sensibles, et aussi les plus extraverties, enlacent le tordu.

— Bon, il a eu du pif. On ne va pas en faire un plat. Elle est où, la rouquine ?

Dans nos oreillettes, une voix connue se rappelle à nous.

— Dites, heureusement qu'Éther est là.

— Oh ça va. Ne fais pas le malin. Où étais-tu tout ce temps tout ce temps ?

— Eh bien pendant que vous jouiez à casser du verre et du béton, moi j'ai...

— Double M, il faut dire, nous avons procédé à l'identification de la femme à la boite.

— Oui tu as raison Héléna, nous avons mis nos moyens en commun. Nous sommes toujours et encore sur la piste de Chimère. Ta rouquine est difficile à suivre et à loger.

— Poursuivez. Dès que nous serons à bord du Gagarin, il me faudra l'identité de cette mystérieuse femme.

Nous voici, à mettre pied sur l'acier gris de la Frégate russe, qui devient notre bâtiment de soutien. Bronislav nous attend et nous accompagne au poste de pilotage. Je pose le galet au centre de la table, Héléna apparait. Immédiatement, elle fait place à l'hologramme de la fille à la boite, tel qu'on l'a laissé dans le hall du repaire de Circé.

— Vous l'aviez découverte dans cet état. Je pense que, vous comme moi, comme nous tous, nous nous sommes laissé abuser par les tuméfactions dont son corps était revêtu. En fait, nous avons modélisé son visage, puis les marques, les boursoufflures, les enflures que son corps portait, pour arriver à une conclusion que je vous laisse découvrir depuis l'hologramme.

— Héléna, envoie-nous cette superbe découverte.

Nous assistons au détail du processus de modélisation. Un hématome analysé et évacué, une, deux ou trois boursoufflures en moins. Des coupures cicatrisées, des saignements effacés, un travail de nettoyage sur le visage et les bras. Après toutes ces opérations pour déterminer l'identité de la femme, et au regard de ce que je voyais maintenant, son sexe ne me semblait plus aussi évident.

— Héléna, dis-moi, il me semble que cette femme soit un homme.

— Tout juste Mélissende. C'est Sylvain Isidoro-Peres, vient de Belém dans l'état de Pará au Brésil.

— C'est tout, et un peu court ?

— Non du tout. Je laisse Double M poursuivre.

— Il est français à l'origine. Lors d'un voyage au Brésil, alors qu'il avait à peine 13 mois, il a été retrouvé dans la forêt le long de l'Amazone. Il mangeait des fournis entourés de ses parents inertes et froids depuis plus de 5 jours. Les autorités brésiliennes, n'ayant pas trouvé de filiations en Europe, lui ont accordé la nationalité brésilienne. La famille adoptive donna leur patronyme et gardé le prénom français du bambin.

— Pauvre enfant.

— Merci Sophia.

— Et c'est tout. Comment il s'est retrouvé ici.

— La PF est à sa recherche depuis sa disparition, il y a 2 ans. Il était âgé de 16 ans.

— Circé l'aurait séquestré depuis tout ce temps, et puis c'est la PF?

— Oups, désolé, la PF c'est la Police fédérale brésilienne. Double M précise tendrement à Sophia et me laisse la conclusion.

— Je ne pense pas Sophia. Il ne porte pas d'anciennes marques de sévices. Nous allons pouvoir l'interroger dans peu de temps, dès notre arrivée sur Athènes.

Je suis devant l'hôpital général d'Athènes Hippocratio accompagné par Adil. Face à nous, Doriane la Baillive et les deux agents du BEI nous attendent.

Après avoir franchi le hall d'entrée, un aréopage de blouses blanches s'avance avec détermination vers nous. Immédiatement Rod, le local de la journée, s'intercale entre la nuée de médecins et nous afin de faciliter la communication. Les présentations étant faites, nous nous retrouvons dans une salle de cours, comme celle que l'on utilisait au début du XXe siècle. C'est un amphithéâtre en trois quarts de cercle, la table d'auscultation au bout, laissant des bancs tout autour en gradins. C'est une petite salle intimiste pour 50 étudiants. Le chef de clinique, suivi par 4 assistants se positionnent autour du marbre d'examen, encore vide. Juste après, un brancardier pousse un fauteuil avec Sylvain assis dedans, c'est le rescapé de l'ile d'Arki qui est réveillé et bien réveillé, il tient toujours entre ces mains la boite, son écrin, d'un regard il scrute l'assemblée, il nous observe, puis esquisse un sourire. Un médecin ordonne au brancardier d'aider le jeune homme à se mettre sur le marbre. Sylvain tend la caissette au médecin-chef qui la pose sur la desserte en inox, à gauche du jeune homme. Mon regard se porte sur les visages à côté de moi. Pourquoi autant d'intérêt pour cet homme. Son histoire ne me touche pas plus que cela. Sa présence sur l'ile me laisse dubitative. Pourquoi était-il le seul, grimé ainsi et avec ce petit réceptacle dans les mains ?

Je scrute ce fluet personnage qui, au fur et à mesure des agitations autour de lui, rayonne, resplendi. Sa main gauche discrètement se pose sur cette boite. Son index tapote la fine couche de bois peint. Je me tourne vers Adil.

— Tu ressens des vibrations ?

— Oui Mélissende, depuis 32 secondes environ. Et elles viennent de la desserte. De la boite de Sylvain. Crois-tu qu'il y a quoi dans cette boite ?

— Je n'en sais fichtre rien.

Je prends une décision immédiate.

— On dégage. Et vous, bloquez-lui les mains. En pointant mon index droit en direction de Sylvain.

Le jeune homme, voyant ma réaction, a ouvert le contenant. Une petite nuée d'insectes s'est dégagée de leur prison. Les premières victimes sont, le personnel médical et le bourreau.

Avant que les bestioles nous atteignent, Adil, Doriane, Tékla, et les deux agents du BEI, nous nous sommes réfugiés dans le sas de stérilisation situé juste derrière nous. Abritée par la vitre d'observation, je constate les souffrances infligées par ces choses volantes. Le médecin-chef, les 4 assistants, le brancardier et le Brésilien, se tapent le visage, tout le corps, puis se tordent, se crispent, maintenant se raidissent, pour finir, les yeux révulsés et la bouche ouverte, comme pour laisser passer un cri d'effroi.

Alors que je tente une sortie, un insecte, comme par furie, se dirige vers moi. Par réflexe, je referme rapidement la porte, il s'écrase, par désespoir sur l'oculus en lui infligeant une fissure, en son impact. Avec un peu d'entêtement, je me précipite sur les victimes de ces bestioles. Tékla, en professionnelle, prend une pince de Pean, qui était posée avec d'autres instruments sur la desserte chirurgicale de démonstration et commence à prélever les insectes méticuleusement et consciencieusement, un par un, pour les remettre dans leur prison. Elle se tourne vers moi et m'annonce 6 grosses guêpes.

— Je veux cette boite dans mon labo de Paris rapidement. Allez, on rentre. Il n'y a plus rien à tirer de cette journée.

— Comment ça ? Rétorque Doriane.

— Ah ! Tu veux parler de Sylvain. Aucune importance. C'est un pion, un leurre, un instrument de Circé ou de Sept. C'est la rousse qui m'intéresse et la personne qui a mis ces insectes dans cette boite.

— C'est évident. Mél !

— Calme-toi Sophia. L'attaque est passée. Alors pour toi, c'est évident.

— Oui ! C'est Sylvain.

— Ça c'est ce que l'on veut nous faire croire. Sylvain a été endoctriné, travaillé, modelé pour être une distraction, un leurre, une duperie. Ce qui confirme mon hypothèse, Chimére et Circé sont affaiblies, sinon elles nous auraient affrontées.

Je laisse derrière moi Rod et le reste de la Quintessence à Athènes. Je n'ai pas le temps de faire du tourisme, de flâner sur l'Agora pour y respirer la démocratie. Je ne peux m'empêcher de penser qu'à chaque fois que l'on s'approche de Circé, il y a des morts.

17.

Feverybody had an ocean, Across the U.S.A.

Then everybody'd be surfin',

Like Californi-a,

You'd seem 'em wearing their baggies

Je suis chavirée par l'ambiance crépusculaire que m'offre la plage d'Huntington Beach, je suis bercée par les flots de l'océan Pacifique, la musique des Beach-Boys que Sophia fait varier entre leurs 2 succès, Surfin'Usa et I Get Around. Avec mon Soupir d'été, je contemple la jetée majestueuse. Le ciel distille son jaune pastel qui devient vif et brillant. Entre les pilotis du ponton, la brillance laisse doucement sa place à une poudre orange, douce, chaude, dense pour enfin rougir et finir par s'assombrir. Le petit filet de lumière annonce une nuit étoilée, éclatante par de milliards de petits feux qui se reflètent maintenant dans le miroir bleu nuit de l'eau pacifique.

Je pose mon verre, je ne peux résister au sable tiède, je profite de cette douceur, je suis pieds nus. Un vulgaire et banal t-shirt arborant une tour Eiffel défraichie, un short vert flashy, chiné dans une fripe recyclant des vêtements des années disco. Je me laisse porter par la joie de courir sur une place mythique. Ma dégaine à la Frenchie, ne choque personne. Je croise toute sorte d'individus. Des vieux bodybuildés, poussant péniblement leurs déambulateurs. De jeunes fringants, frétillants amoureux du même sexe, ne finissant pas, tous les 6 pas, de s'embrasser. Des fous de ballons qui se le passent au-dessus d'un filet tendu. Où parfois une famille entière, oreillettes installées dans leurs orifices, ne se préoccupant pas des autres.

Et aussi de petits orchestres faisant le bœuf ou simplement, reprenant les mélodies, celles que Sophia affectionne, les mélodies des enfants de Hawthorne. Un souffle s'approche, des pas sautillants, vifs, énergiques.

— Je peux courir avec toi ?

— Oui Marie.

Cette compagnie me ravit. C'est la première fois qu'elle foule le sol des États-Unis. Les terres et le sable fin du comté d'Orange enchantent les narines de Marie. Nous nous engageons sur la jetée. La structure de béton est recouverte de caillebotis élégants en bois. Le soleil s'est caché derrière la ligne bleue, la jetée s'illumine avec de douces lanternes entre les petits kiosques qui ponctuent notre avancée. Au bout, sur le quai n°4, le toit octogonal rouge flamboyant posé sur un bardage blanc ajouré, jalonne, balise est la première partie de notre course. Nous zigzaguons entre les touristes, les photographes en herbes, des musiciens naissants. Depuis cette jetée, nous voyons des feux improvisés où s'agglutine la jeunesse californienne, pour reprendre les chansons des Boys. Cette plage est grandiose. J'avais décidé de courir sur une grande partie de la plage. Alors que je repasse devant la pergola de Sophia, Marie m'abandonne. Le sable devient moins chaleureux, la fraicheur s'installe, mais ma passion l'emporte. Doucement, l'océan caresse mes pieds. Maintenant qu'il s'attaque aux mollets, ma course devient plus difficile. Au loin les lumières de la villa de mon hôte me montrent le chemin. Je sors de l'entrave de l'eau, le sable est frais. Adil, Marie et Sophia me tendent une serviette de bain. La douche finira par me débarrasser des derniers grains de sable qui se sont logés délicatement entre mes orteils. Avant de me coucher, un peu éreintée, je l'avoue, je vais voir mon amie Sophia.

— Tu as bien suivi mes consignes Sophia ?

— Oui Mélissende. La maison est isolée. Seules les liaisons filaires sont connectées. Et tu vas pouvoir te connecter à Héléna demain. J'ai suivi à la lettre tes instructions. Tu peux dormir.

— Bien, alors à demain.

Les nuages sont de sortie. Le ciel est bien voilé. Les drapeaux flottent énergiquement. Hier j'avais laissé une eau calme tel un miroir. Aujourd'hui, c'est tout à fait différent. Les premiers surfeurs astiquent leurs planches. Des groupes, çà et là, se forment sur cette plage qui est devenue spot en une nuit. Les qualifications, de fin de matinée pour les championnats du monde, peuvent débuter. Les festivités de la semaine seront conclues par un gigantesque concert holographique. De grandes barges seront disposées sur l'eau. Des navires de l'US NAVY seront en position pour assurer la logistique. Le discours sera prononcé par l'hologramme de l'ancien gouverneur de Californie, Arnold Schwarzenegger. J'ai hâte d'être à cette fête dans 3 jours.

Nous sommes nous 4 devant un Bâtiment au 411 Olive Avenue. Rien ne nous choque dans cette ville dédiée presque uniquement au surf et à la musique. Une planche, je devrais plutôt dire, une représentation d'une planche de surf énorme qui sort sur le côté de cette maison plate et rectangulaire. Adil, en arrivant devant la porte de ce musée, me fait remarquer qu'il n'ouvre que cet après-midi. Je me tourne vers mon compagnon en lui indiquant que les propriétaires faisaient une exception pour nous. Une dame âgée, fripée par de longues séances sous le soleil californien pousse la porte pour nous laisser entrer. Marie, toujours aussi pertinente, lève les yeux au ciel et interpelle notre guide.

— Bonjour Tekla.

— Tais-toi Marie. Rentrez vite.

La porte se referme aussitôt et le rideau de métal se baisse rapidement et brusquement, en faisant un bruit d'enfer.

— S'il fallait être discret. C'est réussi, j'espère simplement qu'en paniquant ainsi, notre couverture n'est pas compromise.

Tekla jette un regard furtif par la fenêtre qui donne sur la rue. Elle nous rassure. Olive Avenue est encore déserte à 09h00 du matin. De concert, Marie et Adil nous interrogent.

— On peut nous expliquer. Je croyais que c'était la rencontre trimestrielle de la Quintessence.

— C'est le cas, mes amis, cependant j'ai pensé qu'il fallait que nous l'agrémentions un peu.

— Tu le craches ton morceau.

— Non Marie. Ce sera au fur et à mesure.

— Tu plaisantes, Mél ?

— Oui bien sûr, Marie.

Nous suivons la Baillive dans la réserve qui est un endroit plus discret pendant que Tekla enlève son déguisement. Nous voilà installés sur des planches posées sur du bric-à-brac autour d'un grand carton d'emballage qui abritait de la marchandise pour le musée du Surf. Je suis assez fière de mon petit effet et de ma surprise matinale.

— C'est quoi, l'idée ! Piéger Circé ?

— Oui, c'est cela même, Adil.

— Soit plus discrète la prochaine fois Sophia. Ton réseau personnel est bloqué, toi qui a ta résidence continuellement et totalement connectée. Ce fut la première bizarrerie. Quant à toi Mélissende, tu n'as eu aucun contact avec Héléna ou même Double M. J'ai trouvé cela étrange.

— Bien merci Adil. Une idée sur le bouquet final ?

— J'ai une petite idée.

— Non, on ne dit rien Marie. J'ai pensé à un petit jeu. Prenez ma tablette et vous décrivez en une courte phrase décrivant ce à quoi j'ai imaginé pour la Rousse.

Après plusieurs minutes, je demande à Double M, maintenant connecté, de collecter et de stocker les notes de mes compères.

— Tekla est ici, car c'est notre liaison entre les autorités locales, militaires, fédérales et nous.

— Pourquoi, tendre un piège ici, en Californie, dans le comté d'Orange et plus particulièrement dans cette cité.

— Marie, je dirai même, et pourquoi pas sur cette plage. Réfléchissez un peu !

— Connaissant Circé, il fallait que l'endroit ait un intérêt pour elle. Qu'il lui offre des particularités, des perspectives irrésistibles.

— La Quintessence a fait un bon choix en vous recrutant. Et, rassurez-vous, il n'y aura pas d'autres compliments. Je vais vous expliquer ce que j'ai imaginé.

Nous sommes désormais isolées, nous passons inaperçus, inoffensifs. Ma première démarche est de leur dévoiler le fil conducteur du piège. Le rôle de chacune et chacun d'eux, de détailler les interventions des différentes personnes venant nous épauler.

J'ai choisi cette plage parce qu'elle est parfaitement située. Sur sa droite, il y a une station d'armes et de munitions de la Navy. Il y a aussi la base navale de NWS Seal Beach et juste derrière nous la base aéronavale d'El Centro. Tekla a en charge de mettre en contact tous ces braves gens. Le point de convergence est la base d'armes qui reste la plus discrète. Je continue mes explications et déroule le fil de ma pensée à mes compères.

18.

Devant mon miroir, je regarde ma colère. Sur cette ile il y fait froid. En ce début juin sur le bord du lac turquoise, le Ryoku Lake sur l'ile Simouchir, il y fait 5°, avec une brume profonde qui, aujourd'hui, d'après les prévisions, ne va pas se lever. Néanmoins le moral, lui, s'éclaircit. Je vais pouvoir faire la peau à Mélissende. Elle m'a berné pendant plusieurs semaines. Les SEPT, ont retrouvé sa trace. Je regrette qu'un acte, celui de lui avoir rendu sa liberté lorsqu'elle était avec moi dans Chimère.

Ce matin, ce samedi, je suis à 7 357 km de la Quintessence. Chimère s'est refait une beauté. C'est vraiment un grand jour. Il est 05 h 30, je vais survoler le Pacifique et rejoindre la Californie. Après le discours de cette vieille vedette du cinéma il y aura des morts, oui des morts, encore des morts, rien que des morts et je veux et je vais voir pleurer Mélissende devant ma grandeur, ma puissance. Puis je l'écraserai comme un cafard puant. Je vais admirer sa sève s'écouler de ces tripes éclatées et sa cervelle s'écraser, puis s'écouler comme le ferait un fruit trop mûr sous ma semelle. À l'idée, j'en ai des frissons dans le dos. Une chaleur envahit tout mon corps. Je scrute l'extérieur de Chimère et, sur le ponton, un cosaque sculpté dans la lave des volcans de la chaine des Kourils, s'affaire. Je me fais voir. Il me sourit, je lui fais signe de me rejoindre. Chimère ayant compris ce dont j'avais envie, nous a préparé un cocktail de la mer. C'est la seule boisson qu'elle connaisse, le Blue Shark est le mélange de vodka, de téquila et de curaçao bleu, elle se sert dans un gros verre rond, type verre à whisky.

Le bougre charmé par mon invitation, ma voix douce, mes phéromones excitées, mes frôlements, mes affleurements, mes chatteries, mes caresses, puis mes mignotises ne peut résister au durcissement de sa virgule. Sous mes doigts effleurant la tension du tissu, c'est parfait.

Il sursaute quand entre mon pouce et mon index je pince avec expérience sa flèche arquée, son dard explosif. Sa peau doucement rosie, puis devient rouge et lorsque qu'elle est intense, rouge vif et que les gouttelettes de sueurs naissent juste sur son front, je passe délicatement derrière lui. Ma langue fait vibrer le lobe droit de son oreille. D'un geste brusque, je le jette sur le fauteuil qui n'attendait que cela. Chimère c'est exactement ce que j'attends d'elle. Elle fait descendre le siège au niveau du sol pour le faire disparaitre. Le Cosaque et moi sommes sur le plancher blanc immaculé. Je le domine. À cheval au-dessus de ces hanches, sur lui, je peux exercer mon emprise, mes envies, ma prépotence, ma suprématie. Je lui déballe, présente, déploie et exhibe ma poitrine tendue, disponible. Il soupire. Maintenant le haut ma robe bleue est sur ma taille. J'empoigne et libère le stylet caché en haut de ma cuisse gauche. D'un mouvement sec, je le place sous sa gorge. Il blêmit. Je rigole. Par 2 gestes précis et vif, je tranche énergiquement les bretelles tendues de sa salopette. Il m'a fait un grand sourire, précédé d'un profond soupir. Ma lame fend, du bas vers le col de son t-shirt aux couleurs de l'armée géorgienne. Son torse musclé et jeune enchante mes yeux et réchauffe le bas de mon corps. Je ne peux résister. Je fais glisser les manches du pantalon par-dessus ses chaussures. Le voilà en petite tenue, comme une anguille, je glisse sur son corps et je viens lécher doucement son menton. Je descends lentement. Je m'arrête, je le regarde. Son dard, dur, tendu, frétillant est juste sous ma poitrine. Je suis incontrôlable. J'engloutis goulument son mât trépidant. Il gémit, il râle de plaisir. Il est à point. Le bas de mon ventre en demande, insiste. Je m'enfile sur lui. C'est maintenant moi qui déguste mon plaisir. Énergiquement, je n'arrête pas de chevaucher son pique. Je maitrise le plaisir. Parfois il esquisse un mouvement de bassin, par défi. Nous sommes au bord de l'extase. Nos corps n'en peuvent plus. Nous avons tous deux les yeux grands ouverts.

Et pour sublimer en beauté ma jouissance, énergiquement, mon couteau se plante dans son cœur jusqu'à la garde. Par jouissance je m'appuie des 2 mains sur le manche du mortel poignard, les bras raides, crispés. Mon ventre se referme sur son pointeau. Tout mon corps se tend. Le filet de sang termine mon excitation.

Il a gardé sa semence, je ne voulais rien de lui sauf son corps comme outil de mon plaisir. Je tremble de tout mon être à en perdre conscience. Je vibre, j'explose, je frôlai la petite mort. La journée commence bien, c'est que du bonheur. Son corps mou ne me distrait plus.

— Chimère tu m'en débarrasses. On part dans 10 minutes.

Nous sortons de l'atelier de la Grande Blanche, nous immergeons du Ryoku Lake, avec grâce et énergie comme sait le faire ma Chimère.

— Ma belle, sortons de cette brume, cap sur le soleil de la Californie.

— Nous avons plus de 5 heures de voyage pour parcourir plus de 7 000 km.

Le soleil est couché depuis plus de 2 heures. J'ai élu domicile dans McGee Lake sur Santa Catalina Island. Posées au fond du lac, nous attendons la fin du discours et les premières notes du concert. J'ai envoyé un exocet pour scruter la plage d'Huntington Beach. Le second au-dessus de la scène qui accueille les artistes avec l'hologramme pour le concert. Je suis prête, je suis même impatiente, le mécanicien ne m'a pas totalement rassasiée, il a juste calmé mes ardeurs jusqu'à maintenant.

— Circé, Arnold a fini, les musiciens sont en place. Il est temps d'y aller.

— Fais-moi un exposé, montre-moi la plage et la scène. Il faut me faut faire une dernière évaluation.

Chimère se transforme en un gigantesque écran. À ma droite, les spectateurs et sur ma gauche les artistes.

— Tu as repéré la Quintessence ?

— Oui elle est sur l'estrade VIP.

— Elle est au complet.

— La définition est fortement dégradée, néanmoins je distingue, Mélissende, Sophia, ainsi que les deux nouveaux, Marie et Adil.

— Y a-t-il des menaces ? Montre-moi. Fais un tour d'horizon.

— Les porte-avions USS Gerald Ford et JFK assurent la monstrueuse scène. Rien d'autre, sauf l'USS Constitution qui est en accueil, depuis 2 semaines, des formations pour les officiers de la Navy. En principe, il retourne, dès demain, mouiller dans le port de Boston Navy Yard.

— Circé, maintenant, c'est vraiment l'heure, il est temps.

Chimère sort du lac doucement sans faire de vagues. En mode furtif, nous passons au-dessus du Ranch, posément et silencieusement. Les animaux ne se sont pas manifestés. Nous sommes totalement aveugles, seuls les deux derniers exocets sont nos yeux. Les radars nous indiquent que les bâtiments de la Navy sont postés comme prévu. L'USS Constitution, laisse une empreinte, un écho différent des autres navires de la flotte, disposée pour la manifestation.

— Bonjour Circé !

— Mélissende ? Comment se fait-il, Chimère.

— J'entends dans ta voix la panique, tu as raison, il y a de quoi.

— Mélissende, crois-tu vraiment que tu as gagné ? C'est loin d'être fini entre nous.

Pendant que je réponds à Mélissende, je fais signe à Chimère de couper toutes les communications.

— Oui j'en suis… Essaie de dire Mélissende.

— Chimère ! Envoie-leur, un gros son, niveau maximum. Nous allons leur faire savoir qui domine la situation.

Dès que j'eus fini, mon double envoi, un double son. Je suis troublée, je suis perdue, c'est très bizarre, étrange, ce que je constate, est vraiment loin du son de niveau 9 que je connais.

— Circé ! J'ai un souci. Je n'y arrive pas. M'indique Chimère.

— Oups. Désolé Circé. Je me présente je suis Double M.. Un autre membre de la Quintessence.

— Il nous a piratés. Je n'ai plus la main, affirme Chimère.

— Elle a raison. Tu es prise au piège Circé, tu es harponnée, hameçonnée, prise dans mes filets.

— Je peux faire encore des morts, Double M. Juste en dessous, il y a des spectateurs qui suivent un concert.

— Vraiment Circé. Tu nous as sous-estimées. Mélissende va t'expliquer.

— Je suis curieuse Double M.

— OK Circé, je vais t'expliquer.

— Dépêche-toi Mélissende, j'ai des spectateurs à tuer.

— Tout a commencé le jour où je suis rentrée dans Chimère au Jardin du Luxembourg. Durant mon périple, j'ai dispersé 5 cassides dans toute ta cabine. En fait, j'ai utilisé un leurre vieux comme le monde, en me dotant de 2 micros et de 2 GPS pour que tu les trouves sur moi et que tu les détruises. Ce que tu as fait. Leurs missions à mes cassides étaient de collecter toutes les informations de Chimère. Seul défaut, leurs durées de vie, quelques heures. Néanmoins, Héléna a tout de même pu enregistrer quelques informations.
Notre attaque de l'ile d'Arki est due justement au tracé GPS que ces Cassides ont récolté. Il est vrai que nous avons tardé. Le résultat est là, votre base est détruite.

— Ce n'est pas si grave que cela. Sylvain a fait son travail. Et puis, je vous attendais.

— C'est vrai, Circé. Et tu as failli nous avoir. Simplement failli, pour autant nous sommes encore là, je poursuis. En fait chaque fois que tu t'es rapprochée de moi, j'ai rassemblé des informations. Adil connait toutes tes fréquences vibratoires, inévitablement, tu es devenue visible. Il me fallait juste préparer cette journée. Il a fallu que je trouve le lieu le plus propice à ta gourmandise. C'est Sophia qui me l'a donné en m'invitant dans sa maison d'Huntington Beach. Les premières compétitions internationales ainsi que le concert de clôture organisés en grande pompe n'auraient pas manqué de susciter ton intérêt.
J'ai diffusé avec parcimonie la venue de la Quintessence durant cette semaine. L'occasion était trop belle pour toi. Tu n'aurais jamais manqué cela.

— J'avoue que ton montage était relativement subtil. Je me suis tout de même méfiée. D'où mon approche prudente, pauvre Mélissende !

— Ce que tu n'as pas identifié ce sont les actions menées par Doriane Figuéré la substitute et Tekla Håkansson la Baillive. La première était chargée d'avoir les autorisations administratives internationales, elle s'est occupée de toute la paperasse. La seconde est rentrée en relation avec les autorités militaires de Californie. La jonction entre une administrative et une militaire, voici le duo gagnant.

— Bon, tout ce fatras, pour faire quoi ?

— Pauvre incrédule, femme de peu de foi, Circé. Avant notre arrivée, Sophia avait préparé le terrain en prenant les rendez-vous avec le représentant des forces armées de Californie. À priori, mission impossible pour une simple professeure d'université. C'est sans compter sur le réseau de ma Sophia, elle a fait ses études avec ce militaire, Aron Nichols, elle a même organisé des conférences pour les officiers de la Navy. Pour cela, elle aurait été invitée sur l'USS Constitution, elle profita de cette occasion pour présenter à son copain La Baillive, exposer nos besoins et le plan était en route.

— Je tremble Mélissende. J'ai peur ! HOU ! Tu comptes faire quoi pour m'arrêter. Je t'ai observé quand tu étais avec moi. Tu n'es qu'un moustique, une petite chose. Tu n'es rien. Tu ne dupes personne avec tes grands airs.

— Oui je vais t'arrêter. Je vais même faire mieux. Je te laisse faire. Essaie pour voir. Allez, vas-y envoie ton gros son. Tu peux le faire…avant que je ne finisse, Circé, envoie un son de baleines.

— Pourquoi tu me laisses faire Mélissende. Je ne comprends pas.

— Circé, regarde ce que tes exocets t'envoient comme images. Ça y est ! Tu comprends maintenant.

Un grand blanc. Un silence de désespoir se creuse entre Circé et moi.

— Tu n'as pas osé, Mélissende.

— Bien sûr que si. Ma pauvre. Ta suffisance, ton infatuation, ta morgue, ton arrogance, et même ton outrecuidance a envahi ton esprit de jugement, ta pensée. Toi qui vérifies tout avant d'entamer une action.

Aujourd'hui, tu es partie directement, sans ambages, sans aucune hésitation, sans scrupule. Tu n'avais en tête, que ma mort et celle de tous les autres, ceux de la plage, des musiciens. Rien d'autre n'avait d'importance, à en oublier l'essentiel. Connais l'adversaire et surtout connais-toi toi-même et tu seras invincible. Cette phrase est de Sun Tzu. 2500 ans séparent l'art de la guerre et nous, une belle leçon, Circé.

— Je ne comprends pas. Comment as-tu fait ?

C'est alors que je me hasarde à lui expliquer toute notre feinte, notre ruse.

Tekla et Sophia ont rencontré les autorités militaires en leur expliquant que pour piéger Circé et son engin de mort Chimère, il fallait l'attirer. Les officiers de la Navy ont montré quelques réticences. Tekla justifie, prouve que le concert est une opportunité pour t'attirer, pour te donner envie. Pourtant, il était hors stratégie de mettre qui que soit en danger de mort, d'exposer les badauds et les musiciens. L'idée est d'avancer le concert au vendredi. Soit un jour avant la date officielle. Nous avions la difficile tâche d'organiser cette manifestation sans provoquer la panique. J'avais parié sur toi Circé. Toi qui étais occupé à te préparer, et avais comme objectif le samedi. Toute cette farce reposait sur ton obsession, sur ton entêtement. Ainsi la Quintessence a pu profiter du discours et du concert, elle s'est agitée et a mis en place tous les moyens techniques à sa disposition pour enregistrer la manifestation. Ce que les exocets t'ont donné, comme images, sont celles que nous avons enregistrées et que Double M a infecté Chimère.

Tu n'a aucune protection numérique. Si peu qu'un bébé pourrait te pirater. Cependant, j'admets que tu te protèges par l'attaque, par l'offensive, par le raid, le coup de force, par l'assaut. Tout est basé sur ta faculté à anéantir avant que ton ennemi ne puisse réagir. Tu ne peux pas imaginer d'avoir à développer toutes sortes de pare-feux, tu as simplement ignoré les rats, les trojans, les dropper, les backdoor et compagnies.

C'était ta stratégie, ta procédure, ta politique. Alors, il me suffisait que tu prononces une seule fois exocet pour que ton système, involontairement autorise Double M à contrôler Chimère.

— Alors la vaniteuse Mélissende, que va-t-il se passer ?

— Tu vas gentiment te poser sur la plage. Je vais venir d'accueillir, te cueillir. Tu es à point, bien mûr.

L'intérieur de Chimère est subitement devenu aussi musical qu'une caverne vide, qu'une grotte inhabitée, qu'une cathédrale abandonnée. Un tapotement m'interpelle. Un son qui resurgit du tréfonds de ma mémoire. Non, je me souviens maintenant, c'est le bruit, le tapotis des doigts frappant les touches d'un clavier. La garce, elle a plus d'un tour dans son sac. Elle m'a laissé dire, elle s'est laissé faire pour mieux m'approcher. Trop tard, elle s'est totalement déconnectée. Désormais elle pilote Chimère avec un clavier et un joystick, à l'ancienne, elle est maline. Chimère prend de l'altitude, retrouve sa vigueur, en apparence.

— Tékla, c'est le moment. À toi de jouer.

Elle connait parfaitement sa mission, elle en est l'animatrice, sa rencontre avec les autorités militaires avait comme objectif de mettre en place la phase de rebond. Cette phase que j'ai anticipée, celle où Circé devait ou voudrait s'écarter, se retirer temporairement pour réaliser son dessin, son objectif létal.

Chimère est de plus en plus haute. Que nous mijote-t-elle ? Il ne lui reste plus guère de solutions. La moins gracieuse est contraire à son tempérament, ce serait de fuir définitivement. Plus certainement une attaque avec les armes que je lui connais. Le gros son, j'en doute, il lui manque l'énergie suffisante pour produire un son assez puissant dans le temps pour provoquer des dégâts. Les exocets, j'ai un doute, ils sont conçus pour attaquer. Tékla a les armes pour les détruire dès la première seconde. Il lui reste la solution ultime. Le plongeon, l'attaque façon kamikaze, le sacrifice suprême en y rajoutant toutes ces armes. Il me semble que cette dernière éventualité me semble parfaitement correspondre à son tempérament. Finir en beauté, un feu d'artifice, une coda explosive, une désinence multicolore, son bouquet, sa couronne mortuaire.

— Mélissende ! Elle est positionnée en altitude. Elle a essayé de disparaitre, en vain.

— Elle est à bout de souffle, prépare-toi Tékla.

— Nous avons les images.

Sophia ne respire plus. Adil semble rassuré. Marie regarde avec dédain le baisser de rideau.

Nous voyons les tentatives désespérées de Chimère pour disparaitre, la vue de l'engin apparaitre puis l'instant suivant, de tenter de s'évanouir. Ces multiples efforts sont presque affligeants, pitoyables. Subitement Chimère devient trop visible. Elle est lumineuse. Un son de baleines nous atteint. Les vitres tremblent. Au loin, les eaux du Pacifique déjà bien nerveuses se gonflent et roulent en vagues spectaculaires.

Les lumières et le son s'évanouissent, disparaissent. Deux canons à impulsion électromagnétique ont atteint Chimère et éteint toute velléité de destruction de puissance de Circé. Toute la luminosité, la splendeur de l'engin, est falote, s'est assombrie puis a disparu. Chimère titube, mais résiste à l'apesanteur. Elle tente un mouvement de désespoir, une ultime attaque. Elle se penche, comme pour plonger. Les navires de la Navy en embuscade tirent 2 petites salves avec leurs canons à ogives. Ils ont touché la bête de la rousse. Elle descend, elle tombe comme si elle se laissait faire. De toute la hauteur, celle qui la sépare de l'eau. Chimère, telle une feuille morte n'ayant qu'une seule action tomber doucement, puis enrichir l'humus. Elle frappe le pacifique. L'impact avec l'océan, crée une gerbe d'eau, un geyser, une éruption, une gerbe, puis déplace une vague. Une vague haute de 3 mètres s'amenuise pour mourir en clapotis sur la plage. La vague du désespoir, la vague de la reddition, c'est sa chute, son point d'orgue. Chimère flotte avec toute sa désespérance et son amertume. Face à moi, Chimère, avance avec le peu d'énergie qui lui reste. Circé, par défi, est debout sur la carcasse de sa réaction, les bras croisés.

Elle est plantée sur la partie plate de la proue de Chimère, de sa bête, de son double, de son extension. Alors qu'elle touche la plage, la rousse s'avance et saute dans l'eau. Elle est pieds nus. Sa robe bleu océan extrêmement cintrée, souligne ces formes.

Elle est finement et athlétiquement sculptée dans un corail rouge comme ses cheveux, qu'elle laisse toujours au vent, libres. Les militaires s'empressent de l'encercler. Elle ne me quitte pas des yeux. Son regard est perçant, déterminé.

Cependant, au fil des secondes, je ressens de la tristesse, celle de la défaite. Elle baisse la tête.

Puis soudainement, elle la relève et sourit, me sourit, nous sourit.

Je comprends que la garce nous réserve un dernier tour.

— À terre ! Tout le monde à terre.

Circé rigole à pleins poumons. Je tourne la tête vers Chimère. La bête s'illumine et produit un très gros son. Une dernière vague se produit et mouille nos pieds. Je fais signe que nous pouvons reprendre notre route.

Cela fait 4 heures que Tekla et Aron Nichols sont dans la salle d'interrogatoire face à Circé. Sophia, Adil Marie et moi sommes sur la terrasse à contempler l'océan. Nous avons invité Double M et Héléna à nos discussions débridées, à bâton rompu. Au milieu de la nuit et après plusieurs verres de Soupir d'été, la fatigue m'envahit. Mes camarades aussi sont fourbus et font de même. Ils vont aller se coucher.

Circé est hors d'état de nuire, c'est avec cette pensée que je m'endors. Je n'ai plus d'intérêt à voir ou à parler à la rousse. Elle est dans les mains de la Navy. Elle sera transférée dans 10 jours en Europe, en France, dans les locaux de la BEI.

Ce matin, j'ouvre mon dressing. C'est le premier jour de l'été, je porte une jupe légère jaune, comme le soleil, un chemisier flottant toujours un col Mao. Je chausse des sandales plates à talons enveloppants qui renferment une fermeture magnétique verticale. Des lacets fins se croisent englobant mes pieds. Pour agrémenter mes journées d'été, j'ai 10 paires de sandales à ma disposition, qui se déclinent du jaune au rouge. Parfois, lorsque la température discute avec la fraicheur, mes épaules supportent un petit boléro. Petit vêtement parfaitement détourné. Il est rouge très cintré surtout à la taille où il se termine. Le revers de col noir est épais et arrondi pour se finir au niveau du plexus.

Il se ferme par 4 boutons noirs se confondant avec les petits rectangles de couleur nuit. 2 fines broderies charbonneuses dessinent les lignes extérieures du boléro.

Des petites arabesques de style Maya, Africain, ou Persane, sont brodées par du fil d'or et noir suivent les lignes sombres, donnant une touche exotique et excentrique au vêtement.

La rousse est sur le territoire, c'est un grand jour, je vais pouvoir l'interroger. La Navy a fini avec elle et c'était le deal, elle avait la primeur, le droit d'en disposer la première.

C'est un grand jour teinté d'amertume, il faut que je m'arme de patience, je verrai Circé que quelques minutes. Puis il faudra que je laisse la place aux 2 comiques de la BEI, juste après le commissaire s'en délectera, pour passer la main à Doriane. Et, seulement derrière la magistrate, j'aurai la joie de m'occuper d'elle. En attendant, et pour me faire patienter, j'ai le compte rendu des interrogatoires passés avec les militaires.

Il y a des extraits qui me frappent, des mots, des bouts de phrases qui se répètent. Elles sont toujours placées après des questions, ou des affirmations.

— Je n'ai rien à dire suivi d'un long silence.

À ces passages les militaires ont margé une annotation.

— Circé s'adosse sur le dossier de sa chaise, met les avant-bras sur la table. Elle s'installe tranquillement et nous envoie un sourire moqueur très appuyé, son sourire est même plus que cela, il est sardonique.

Derrière les écrans dans la salle de contrôle d'interrogatoire, je suis assise avec Tékla, Doriane et le 3A. Pour me distraire, j'ai fait venir Maritie. Au bout d'un long moment, Tékla a remplacé les deux idiots. Puis vient le tour de 3A.

— Non 3A, tu n'y vas pas tout seul.

— Et pourquoi cela Mélissende ?

— Je viens d'écouter et de voir le trio des longueurs et des langueurs. Vous voulez ma mort. Cela fait 6 heures que vous êtes avec elle. Lisez les pages de la Navy, cela vous fera du bien. Vous refaites les jours des Californiens, pour ne rien en tirer.

— Dis Mélissende, tu viens de me traiter d'idiote ?

— Non, je me suis retenue. Vous ne travaillez pas, vous ne réfléchissez pas. Avant de faire un tel interrogatoire, il faut avoir lu les précédents. Alors oui, vous êtes tous les trois des nigauds, des sots, des idiots.

Sophia s'avance à côté de Mélissende.

— Comprenez, elle est impatiente et énervée.

— Oh ! Ça va Sophia, mon commentaire ne change pas leurs états.

— Shit. Comme d'hab, l'emmerdeuse.

— L'irlandais acariâtre est le seul à admettre son statut.

— Doriane et 3A, vous attendez que le ciel vous tombe sur la tête. Arrêtez d'avoir comme livres de chevet les Astérix ou les Tintin pour vous essayer à d'autres lectures.

Le couple rentre dans la salle d'interrogatoire et commence leur litanie, leur rabâchage.

Que c'est long, ennuyeux, soporifique, insipide, narcotique, lassant et interminable. Et je n'ai même pas de Soupir d'été. Les deux complices du moment m'énervent tellement que je décide de rentrer dans la salle d'interrogatoire. Celle que je connais. C'est celle-là même qui m'a accueillie en novembre dernier. Je pousse la porte d'un mouvement énergique, presque brusque. 3A sursaute, Tékla, elle, reste indifférente, passive, comme si elle espérait ou s'attendait à mon impertinence.

Le commissaire sachant de quoi je suis capable quand la moutarde me monte au nez, se lève, et sort de la pièce sans mot dire. Il jette un regard à la Baillive pour l'inviter à le rejoindre avant de disparaitre. Un long moment se passe. Un blanc, un vide s'est installé pendant 72 secondes.

— Je m'en voudrais de bousculer une infirme, j'ai de la compassion et de la pitié.

La Baillive se lève doucement. Ma phrase teintée d'impudence et d'irrévérence l'a heurtée, froissée et même blessée. J'ai eu, l'espace d'un petit centième de seconde du regret, vite englouti par ma componction. Cette pique, ce quolibet m'a paru sur l'instant opportun.

Je me retrouve désormais seule avec Circé. Je place une des chaises à 45 °de la table, je m'y installe en y mettant le coude droit. Je lève mes pieds que je croise sur le coin gauche du meuble. Je ne dis rien. Je consulte simplement mon écran.

Tous les quarts d'heure, je décroise et recroise mes pieds pour changer d'appuis. Je viens de faire ma douzième manipulation. Je suis toujours aussi imperturbable, impassible, placide et stoïque. Je viens de finir ma troisième heure à tricoter avec mes jambes, mais depuis 25 minutes, Circé perle de naissantes gouttes de sueur sur le front. Elle tapote le bureau. Elle gigote, elle se remue de plus en plus. Je décide de me lever et de sortir de la salle.

— Que veux-tu savoir, Mélissende que tu ne saches déjà ?

Je poursuis, je fais mine de sortir. Je franchis le palier de la porte.

— Non, reste, je vais tout te dire.

Je fais demi-tour. Je me pose face à elle et la regarde droit dans les yeux. Son front est encore trempé de sueur. Brusquement, je me lève de ma chaise et rapidement je me place derrière elle. Circé ne bouge pas. Néanmoins, je perçois de la fébrilité. C'est imperceptible. Elle reste toujours silencieuse, presque vide. Cette inquiétude qu'elle laisse fuir est toujours présente. Je cale mon torse sur l'arrière de sa tête. Elle esquisse un soubresaut. Cela m'amuse. J'avance mon avant-bras droit sur son front et avec la manche de ma chemise, je lui essuie sa sueur. Je plaque sa tête contre mon biceps et dans son oreille, avec une voix douce et ferme. Je lui dis :

— Pour toi c'est fini. Ne t'avise pas de te foutre de moi.

Je relâche la pression et je retourne sur ma chaise.

On frappe à la porte.

— Entre Maritie.

Ma copine dépose sur la table une belle boite en carton avec un flot bleu sur le dessus. Elle sort de la salle aussi vite qu'elle est entrée, sans rien dire. Je distingue l'intérêt de Circé.

— Tu veux savoir ?

— Oui. Réponds ma prisonnière.

— Tu ne devines pas ?

Un sourire s'affiche sur le visage de la rousse. Ses yeux verts s'illuminent.

— Peu importe ce que contient cette boite, nous aurons, à un moment ou à un autre, anéanti, exterminé la Quintessence.

— Oui bien sûr Circé. En attendant, moi je veux bien savoir ce qu'elle contient.

Avec mon ton sardonique et railleur, je prends le couvercle entre mes mains.

— Moi je ne peux pas résister. Allez, j'y vais. Non ?

Je regarde Circé. Mes yeux pétillent. Je suis aux anges. Je ne peux pas résister, elle est tellement minable, faible, petite, presque désemparée. Je poursuis ma torture.

— 1, 2, eeeeeeeeeet, 3.

Brusquement je soulève le morceau de carton qui cachait ma surprise.

— Tu reconnais ? Je ne voulais pas que tu sois seule en ces instants. Oui Circé, c'est un morceau de toi. Un morceau de Chimère. T'es contente ?

Elle m'envoie un regard cinglant, vif. Elle prend une grande respiration.

— BOF ! C'est tout ce que tu as ?

Je lève le bras

— T'es pas contente. Moi qui croyais te faire plaisir. T'as tort, les militaires sont des sauvages. Ils découpent ta Chimère en petits morceaux. Il ne va plus rien n'y rester.

À ce moment, Maritie réapparait, referme le cadeau et sort avec.

— Fini de jouer Circé. Je t'écoute.

— Une dernière chose avant de parler. Puis-je revoir une dernière fois Chimère.

— Tu veux dire le morceau ?

— Oui, Mélissende. S'il te plait.

À la place de Maritie c'est Tékla qui rentre avec le cadeau. En le posant sur la table, elle me souffle dans l'oreille qu'il se fait tard et qu'il ne lui reste que 5 minutes. Elle poursuit en finissant par me dire qu'elle veut me voir juste après la fin de cette journée.

J'ouvre le carton et pousse son cadeau vers Circé.

— Ce n'est pas Chimère. Mélissende, tu te moques de moi.

— Tu as raison. Seulement pour aujourd'hui, Circé, c'est fini. Tu vas aller faire un petit dodo. Il faut que tu sois en forme pour demain. Il ne faudrait pas que tu aies des faiblesses. Nous avons tout prévu, un bon lit douillet, un bon bain, un repas gastronomique.

Et une chambre tout confort. Les religieuses les nommaient cellules. Nous avons gardé cette appellation. Nous avons trouvé cela plus vrai, plus authentique. Il fallait qu'on te fasse honneur.

— Merci, Mélissende, puis-je recevoir des visites avant mon couvre-feu ?

— Bien sûr que, Noooooon. Mais tu verras un médecin, demain matin à ton réveil.

Je quitte la rousse, qui est prise en charge par deux agents du BEI. La nuit est tombée sur la capitale. Je vais passer ma soirée avec Maritie. Avant cela, Tékla m'attend dans la salle d'observation. Lorsque je franchis la porte, elle me demande de la suivre. Le couloir que nous empruntons est le même qui dessert le bureau de Doriane, cependant, celui de la Baillive est situé au fond. C'est la grande porte plantée au milieu du mur du fond. Les boiseries qui ornent le chambranle montrent immédiatement l'importance de l'occupante. Toutes les deux nous nous retrouvons dans son bureau. La lourde porte se referme sur nous. Le loquet de sécurité est mis énergiquement. Je devine son énervement. Elle se rapproche de moi doucement en me regardant droit dans les yeux. À environ 1 mètre de moi, elle me sourit. Son comportement ne me trompe pas, elle veut me punir. Je décide de la laisser faire. Surtout, quand je constate la tension musculaire qui débute à sa gauche. J'avais pressenti son intention. L'être humain est tellement prévisible. Sa main gauche frappe plutôt mollement ma joue droite. Puis, rapidement, elle me plaque contre elle. Je devine immédiatement quelles sont ses intentions. Sa bouche est sur la mienne. Je n'ai rien contre un peu de plaisir. Cependant, j'ai mal digéré sa modeste gifle, même si j'avais auguré cette petite tentative d'intimidation, ou de domination. À ce baiser, elle met plus de cœur et d'entrain que pour la claque. Il est goulu et presque passionné. J'y mets fin.

— Melissende, ta phrase m'a fait beaucoup de mal.

— Un baiser et hop, nous sommes intimes et on se tutoie. Ma phrase ? Est-ce que cela est faux ? Je ne crois pas. Bon, alors que moi j'ai progressé. Tu ne peux le nier.

— OK ! Demain nous sommes obligés de laisser venir son avocat et son assistante pour voir Circé. Ils ont 1 heure ensemble.

Les Américains l'ont auditionnée à l'encontre de toutes procédures. J'ai eu une injonction du parquet européen, une note qui émane directement du procureur général qui me l'ordonne. Il faut que je sois ferme avec toi. Pas de fioritures, d'exotisme ou un truc à la Mélissende.

— Bien Madame, ce sera la deuxième fois.

— Quoi la deuxième fois ?

— Tes lèvres et ta langue étaient fermes, déterminées, mais ta main molle, même veule, tu souhaites inconsciemment que je fasse de la Mélissende.

— Tu es encore désobligeante, avec l'adjectif veule.

— Elle est sensible la dame. À quelle heure son avocat doit-il arriver ?

— Il et elle voient Circé à 11 h 00.

— Donc je poursuis mon interrogatoire à 08 h 00.

— Non ! Tu n'as pas compris. En voyant mon sourire, elle se ravise.

— Tu avais très bien compris. Tu m'as testée. Tu es impossible Mélissende.

Je prends l'initiative. Il est vrai que son baiser a été agréable. Je serais idiote, de ne pas en profiter avant de la quitter. Je m'empresse de l'enlacer et de l'embrasser avec passion. Sa réponse est à la hauteur de son introduction et de mon allant.

Il est 10 h 30, je passe de bureau en bureau dans l'Hôtel de Toulouse. Alors que nous sortons de celui de 3A au rez-de-chaussée, au fond du couloir, la baillive, Doriane, un couple et mes 2 agents du BEI empruntent l'escalier pour atteindre la salle d'interrogatoire. Je demande au commissaire de se presser afin de les rejoindre au plus vite. J'ai hâte de connaitre ces deux mystérieux personnages, cette femme et cet homme. Nous pénétrons tous les 8 dans la salle d'observation, celle qui est placée à côté de la salle d'interrogatoire. Il est désormais 10 h 50. Un bruit de porte nous interpelle. Les écrans s'allument automatiquement dès que la salle d'audition est franchie. Des policiers fortement armés et spécialement méfiants escortent Circé. Les menottes magnétiques sont actionnées. Des bracelets en acier que porte la rousse sont attirés et plaqués par la table.

Le couple est entré dans la salle d'observation, nous regarde en nous saluant de la tête puis machinalement regarde l'écran géant, l'homme lentement se tourne vers nous.

— Monsieur, Mesdames, il est hors de question que je m'entretienne avec Madame De Coralyne dans ces conditions.

— Comment cela ? Demande La Baillive.

— Vous ne devez probablement pas ignorer l'article 237 du Code de procédure pénal européen.

— Non ! C'est évident. Nous avions voulu vous assurer un maximum de sécurité. C'est cette motivation, qui a guidé mon, notre choix.

— Je comprends parfaitement votre motivation Madame la Baillive, néanmoins, j'entends à ce que vous respectiez à la virgule prêt, le code de procédure. Vous êtes informé que les droits de Madame De Coralyne ont, dans les jours précédents, été violés ou ont été partiellement ou totalement inexistants.

J'écoute avec intérêt l'homme tout en ayant un œil et une oreille sur la femme qui l'accompagne. J'ignore encore qui elle est. D'ailleurs lui aussi, j'ignore tout de lui. La façon dont il nomme Circé est étrange. Un avocat dit de préférence, ma cliente, la prévenue, mais pas le patronyme de la personne qu'il est censé défendre. Pendant ces palabres, je m'écarte du groupe. À voix basse, j'interroge Hélène et Machine-machine.

— Il me faut le pédigrée de ces deux personnages. Vite, je ne suis, ni rassurée, ni paisible.

Je vois Tékla qui acquiesce et donne ordre aux agents de mener la prévenue dans la pièce jouxtant le bureau de Doriane, lieu généralement réservé aux entretiens entre avocats et clients. Double M et Héléna devraient me répondre. Les avocats sont moins nombreux qu'il y a 30 ans. Pendant que nous les suivons dans les méandres de l'Hôtel de Toulouse, j'interpelle encore mes 2 comparses.

— Mélissende ! J'ai peu de renseignements. La fille m'est inconnue, pour l'instant. Concernant Monsieur, j'ai plus d'éléments. Dis Double M.

— Moi, je pense en avoir bien plus.

— Ok Héléna. Je t'écoute.

— Lui ? C'est Tyler Bouthillier. Canadien d'origine. Il est effectivement avocat en droit international. Il a peu exercé. Sa spécialité, c'est le dogme, la religion. Il est Pasteur. Il est né le 12 mars 2009 à Boucherville dans la province de Québec.

— Des renseignements sur sa famille, ses relations ?

— Il n'y a rien.

— Héléna a tout à fait raison, il n'y a rien. Rien de rien. Sauf que sa vie est vide ou effacée.

— Vous vous foutez de moi. Et la fille ?

— J'ai eu du mal à faire le rapprochement, mais le logiciel a bien fait son travail.

— Bon. Je suis déjà énervée. Venons aux faits.

— Oui désolée. C'est une actrice ratée, elle est désormais au service du Pasteur Bouthillier.

— Explique-moi pourquoi, tu as dit que tu avais du mal à faire le rapprochement, Héléna.

— Sa spécialité était de se transformer, y compris le visage, c'était de l'imitation gestuelle. Son petit spectacle n'a duré que 2 représentations.

— Le Pasteur a eu pitié, quelle belle âme. Autre chose.

— Oui elle s'appelle Gwendoline Gillet, née à Charleroi en février 2025. Elle est issue d'une famille de 6 frères et sœurs.

— Héléna a raison. Il faut que je rajoute que toute sa famille a péri dans l'attentat du cinéma de quartier, le Régence. Seule Gwendoline en est sortie vivante, mais avec de nombreuses blessures. Elle a passé plusieurs mois dans le centre de convalescence Bouthiller.

— Tiens, tiens. Il réapparait. Merci Double M, je comprends bien mieux l'attachement et le dévouement qu'elle lui porte.

Quand je regarde cette fille, je la trouve fade, transparente, falote.

172/202

Circé, Gwendoline et le Pasteur rentrent dans la salle. La porte se referme. 2 agents sont postés en faction pour empêcher toute sortie non autorisée. Je regarde La baillive, Doriane et 3A. Maritie s'avance vers moi avec son regard interrogatif.

— Je me pose cette question, pourquoi Sept a fait venir ces 2 individus. Que cherche-t-il ? Qu'a-t-il en tête, quel est son dessein ?

Les autres, la regardent, tout aussi curieux pendant que nous rentrons dans le bureau de Doriane. Nous sommes tous les 5 assis autour de la table heptagonale.

— J'ai de la chance. C'est le jour de Maritie. Elle a un éclair de génie.

— Moi je sais, pourquoi. Nous lance avec vivacité 3A.

— Non ! 2 génies d'un coup. Nous sommes tout ouïe commissaire.

— Je crois que l'avocat et la fille veulent éliminer Circé.

— Trop facile, je n'y crois pas mon cher, mais tu as probablement raison.

Pendant que nous discutons, l'heure tourne. Un des plantons vient nous voir en nous disant que les gens ont frappé à la porte. Nous sortons du bureau pour rejoindre la faction pour la sortie de Circé, Gwendoline et du Pasteur. Nous sommes tous dans le couloir. Tout semble normal. 3A me regarde en me soufflant qu'il s'était trompé. Circé est vivante. Je fais mine de le croire, mais je reste dubitative. J'observe les 3 membres des Sept que les gardes escortent vers la geôle de Circé. La rousse vacille, titube, chancèle. Elle est retenue par le Pasteur et Gwendoline. J'entends de loin l'homme dire à voix basse à l'oreille de Circé.

— Tiens-toi ma fille.

Je vois la Baillive regarder avec insistance la scène. Elle semble inquiète. Puis, par réflexe, elle donne ordre aux gardes de stopper. Elle prévient instinctivement les services médicaux. Je suis abasourdie.

— Oh Tékla non ne fait pas cela. Maritie et moi sommes médecins, nous pouvons nous en occuper.

— Je ne peux pas te laisser faire. Il faut que je respecte la procédure. Elle va être prise en charge par les Services médicaux de la Justice fédérale européenne.

C'est la règle, tout prévenu malade, blessé, ou supposé l'être, doit être pris en charge et suivi par le SMJFE. Néanmoins, Maritie peut intervenir, elle est assermentée.

Ma copine se lance vers le trio et couche au sol doucement, avec l'aide du pasteur et de la secrétaire, Circé. D'où je me trouve, je ne vois rien Maritie est à genoux derrière la tête de la rousse. Il y a beaucoup de monde autour de la scène. J'ai une folle envie de m'y précipiter, mais Tékla, qui commence à me connaitre, me retient par mon bras droit. Je suis frustrée.

— OK ! Il faut augmenter le nombre de gardiens armés.

— Je sais cela Mélissende, je vais même faire plus et encore une fois c'est la procédure. J'exfiltre l'avocat et la secrétaire.

Alors que Maritie est encore au chevet de la prévenue, le Pasteur se redresse et se tourne vers nous.

— Vous faites quoi. Qu'attendez-vous ? Vous voyez bien qu'elle ne va pas bien. Je vous accuse devant toutes les cours possibles et imaginables, pour négligence, désinvolture, non-respect des Droits de l'Homme. Il faut que je continue ma liste. En l'ayant séquestrée, oui ! Je dis bien séquestrer, les États-Unis, ont délibérément mis en danger Madame de Coralyne. En procédant à des interrogatoires, non, à 1 interrogatoire, de 96 heures sans répits, sans repos, sans relâche, ils l'ont épuisée, anéantie, brisée, consumée. Durant ces derniers jours, vous ne lui avez prodigué aucun soin décent, vital. Cependant, vous vous êtes empressée de réaliser de nouvelles auditions. Madame la baillive, je vais m'amuser au procès. Ce sera tellement facile, que je ne vais même pas me déplacer. Je vous enverrai un étudiant de première année. Alors, que fait-on, vous la laissez mourir ?

Le regard de Doriane et de Tékla sont suspendus dans le temps. Je soupçonne que les 2 femmes ne s'attendaient pas à autant de vindictes. Cette tirade les a mis sur pause. Tékla reprend ces esprits et répond.

— Vous avez raison, néanmoins, injuste de votre part. Le Docteur Duprée-Plessi est auprès d'elle. J'ai déjà donné des ordres. Le SMJFE est prévenu, il ne devrait plus tarder. La prévenue sera prise en charge par des médecins fédéraux.

Et j'ai aussi demandé que vous soyez escortée jusqu'à votre hôtel, immédiatement. D'ailleurs, voici vos anges gardiens accompagnés par les médecins.

Le couloir est devenu subitement bien vide. Nous nous sommes retrouvés tous les 5 autour de l'heptagone. Je m'aventure encore à une question essentielle.

— Vous savez dans quel hôtel sont logés, le Pasteur et sa secrétaire ? En observant les visages de mes comparses, je devine la réponse.

— Oh ! Non ! Vous êtes vraiment nuls.

— J'ai deux agents qui les conduisent à l'hôtel.

— OK ! J'attends de voir. Cet équipage est sous votre responsabilité Doriane et toi ? Je poursuis mon résonnement en regardant le Commissaire.

— 3A ? Je ne suis pas certaine que tu revoies tes policiers en bonne santé.

— T'es bien pessimiste Mélissende. Un Pasteur et une secrétaire, ce sont loin d'être des tueurs en série.

— Oui je présume que tu as raison Doriane. Vous oubliez un détail.

— Lequel, je suis curieuse ?

— Pauvre Doriane ! Vous êtes tous aveugles et sourds. Le Pasteur et Gwendoline sont membres des Sept. Bref, j'ai une question pour ma copine Maritie. Comment as-tu trouvé Circé ?

— Très faible, avec les traits tirés, elle est très marquée par la fatigue, l'épuisement.

— Bon, rien d'autre ? Rien de marquant ? Rien ne t'a choqué ?

— Mais non, Mél.

— Vous êtes nuls. Je vais aller courir cela va me détendre. S'il se passe quelque chose, venez me chercher.

Je quitte la pièce un tantinet énervée, agacée par leurs crédulités, candeurs, ingénuités.

19.

Je descends dans la bibliothèque des Avicenne. Une serviette est restée autour de ma tête. Mes cheveux sont encore un peu humides. Malgré la course sur les rives de Seine et ma douche, je suis un peu moins, mais toujours énervée. Je ne comprends pas pourquoi Tékla et les autres ont constamment des doutes. Elles sont naïves. 3A, lui, est jeune, il manque d'expérience, mais les magistrates, elles, sont rompues, leurs métiers, c'est bien d'émettre des doutes.

L'escalier termine de me calmer. La vue de la porte de la bibliothèque et du labo de Roger m'apaise. Quand elle s'ouvre, l'odeur de l'histoire, celle de mes ancêtres travaillant à résoudre des énigmes, celles des pages des ouvrages anciens, celles des fioles bousculées, celles des expériences sans cesse recommencées, m'invitent à me concentrer. L'objectif, toujours l'objectif, rien que l'objectif, ne jamais le perdre de vue. C'est la phrase que Grand-père Roger me disait tout le temps. Et à chaque fois que je pénètre dans l'antre des Avicenne, cette locution, cette formule, résonne en moi.

— Mél, Mesdames Figuéré et Tékla Hakanson sont devant la porte.

— Fais-les rentrer dans le salon du rez-de-chaussée. Je monte, mets leur la Symphonie du Nouveau Monde de Dvorak.

Je passe la porte du salon, quand les 2 femmes se lèvent pour m'accueillir. J'ai la même tenue qu'il y a 15 minutes. Elles sont un peu surprises de me voir ainsi.

Je les regarde, elles sont inquiètes. Dans le regard de Doriane, je décèle de la peur et dans celui de Tékla de la repentance, ou du moins du regret.

— Habille-toi Mélissende, l'escorte a disparu, disent de concert les deux magistrates.

— Tiens donc. Oh je suis étonnée !

— Bon, assez de sarcasme et d'ironie.

— Vous n'avez qu'à vous débrouiller avec vos bêtises, sottises, stupidités. Vous êtes tellement pécores et sottes. Je contemple les 2 buses prêtes à s'envoler vers le paradis des idiotes. J'étais calme, vous avez réussi à m'énerver de nouveau.

Tékla se rebiffe, après m'avoir entendue, ces rougeurs qui traduisaient sa vexation s'estompent, son visage redevient normal.

— T'as fini. Tu viens ou tu bois ton cocktail préféré en écoutant du Dvorak. Ah ! J'oubliais. Il y a un cadeau pour toi, qui m'a été livré à mon bureau. Sur la boite il y a écrit, Mélissende d'Avicenne via Tékla Hakanson. J'ai donc logiquement pensé qu'il serait de bon ton, que nous l'ouvrions ensemble.

De la tête, je lui fais signe qu'elle pouvait le faire. Pendant qu'elle s'exécute, je monte à l'étage pour enfiler ma tenue d'été. Je fais rapide et simple, sans trop de fioritures. Un passage rapide devant le miroir avec une brosse pour démêler mes cheveux, et pour les mettre en forme. Je redescends et découvre notre cadeau. En fait, il y avait 7 cadeaux en gigogne. Tékla tient dans ses mains le dernier, le plus petit, alors que je passe la dernière marche qui me mène au salon. Doriane, retient son souffle et successivement nous regarde avec un peu d'anxiété, de crainte. Elle pose le carton sur la table basse et l'ouvre doucement et détermination. Je m'assieds sur cette dernière marche. Je pose ma tête dans mes paumes de mes mains et mes coudes sur mes genoux. Tékla plonge sa main dans la petite boite et en sort un jeton blanc du jeu de GO et une missive cachetée, comme celle de l'hôtel l'Alchimiste à Prague. De ma place, j'identifie et reconnais immédiatement la texture du papier utilisé en Pologne.

— Tout cela pour ça. Les filles nous allons voir vos policiers morts ?

Doriane se lève du sofa et m'interpelle.

— C'est tout ? Tu ne veux pas connaitre le contenu de la lettre ?

— Est-ce que cela entrave le fait d'aller rechercher les policiers ? Je ne crois pas. Alors, on y va tout de suite !

Je me lève brusquement ? Les 2 femmes suivent mes pas.

— Héléna, tu as entendu notre conversation et tu les as trouvés nos deux policiers ?

— Oui, l'adresse est rentrée dans ton véhicule et j'ai prévenu votre commissaire.

— Héléna, prévient aussi Marie, et Maritie, qu'elles nous rejoignent.

3A, avec la PTS sont sur place. Et je vois avec bonheur, en chiens de garde mes agents préférés de la BEI. Sur ma droite Phil, le grincheux, de l'autre côté de la porte de l'hôtel, son acolyte, Rod le néophyte. Le tableau est parfait, je vais passer une bonne fin de journée. C'est le charmant Manoir de Sauvegrain, rue Royal à Saint-Lambert qui accueille cette macabre scène. Tout y est, le lieu presque bucolique, mes martyrs, des morts et surtout une scène de crime. Je demande à 3A, de virer les cotons-tiges de mon terrain de jeu. Le commissaire râle, bougonne. Il s'approche de l'officier responsable de cette section de la scientifique et intime l'ordre de finir vite ou de partir rapidement. L'homme en blanc fait signe à ces techniciens de quitter les lieux. Je ressens leurs regards inquisiteurs, cela me fait sourire. J'ai obtenu ce que je voulais. Je m'avance sous la banderole en plastique tendue pour limiter l'accès aux 2 policiers morts.

— Mélissende, stop.

Je reconnais cette voix. C'est Marie.

— Je t'en prie ma belle. Ne tarde pas, je suis impatiente, j'ai hâte.

Elle tourne autour des hommes en tenue, froids, raides ou presque. Elle refait un tour. Elle sort, passe devant moi, me regarde en ralentissant le pas.

— On se voit plus tard. J'ai soif, tu me rejoins au bar de l'Hôtel.

À ces mots, je ne tarde pas trop autour des policiers sans vie. Je sors de cette chambre théâtre du double assassinat. 3A, Maritie, qui vient d'arriver, Doriane et Tékla me suivent tout en m'assommant de questions.

— Doucement, nous allons tous au bar, vous saurez tout.

Je fixe Marie, son regard corrobore mes conclusions.

— Marie, c'est qui qui leur annonce ?

Avant qu'elle ne réponde, je fais signe de la main et ajoute.

— Va s'y Marie, dis-leur.

— Pour ceux qui étaient présents quand l'engin a fracassé la verrière de Mélissende, j'avais affirmé que je pouvais reconnaitre l'eau de mer où vivait Circé.

— C'est bien de reconnaitre l'eau de mer. Mais c'est tout, c'est un peu court.

— Elle est pressée, la Baillive. Je voulais simplement dire que Circé, comme tout le monde, comme vous, moi, nous avons une odeur. C'est cette odeur qui flotte autour de vos flics, c'est celle de Circé.

— Tu te trompes. Circé est enfermée dans l'infirmerie sécurisée et fortement gardée. Non Marie, là, tu te plantes ma belle.

Pour corroborer les dires de Tékla, Doriane hoche de la tête et sourit avec insolence à Marie. La jeune femme sort du bar en tournant le dos aux 2 femmes et laisse tomber son bras et sa main droite, comme pour montrer son désarroi.

— Alors moi ? Les filles, je vérifierais, à votre place.

Je vois 3A rentrer en contact avec ces hommes.

— Et comme personne ici n'a eu l'intelligence, la présence d'esprit, ou l'étincelle de génie de demander les vidéos du BEI et celles de l'hôtel, je l'ai fait à votre place, plus précisément, c'est Héléna qui, à chaque évènement, récupère les vidéos des lieux et des alentours.

Je parcours les regards vides de mes camarades autour de moi. Je rajoute, en posant mon quantique et mon caillou sur une des tables de bar.

— Héléna ! Envoie les images.

Après plusieurs minutes de visionnage des vidéos du BEI et de l'Hôtel, j'espérais un commentaire, une exclamation.

Malheureusement, je n'ai rien eu de convaincant de leur part. Un long et assourdissant blanc, ponctué par l'entrechoquement des verres manipulés par le barman. Enfin, après cette traversée du désert intellectuelle, un espoir surgit, des mots jaillissent de la bouche de Maritie.

— Comment se fait-il que Circé soit en même temps ici et dans l'infirmerie ?

— Tiens, en voilà une bonne question. Quelqu'un a une idée ?

— Parce qu'elles sont 2. Ce sont des jumelles.

— Alors la, 3A, tu frôles les sommets. Je fais un geste d'approbation teinté d'ironie, que personne ne relève.

— Oui ! Tu ne frôles pas, tu percutes la bêtise, mon pauvre Commissaire. Mais réfléchis, réfléchissez un peu toutes et tous. Y aurait-il, maintenant, un tant soit peu de sagacité, d'intelligence. Vous m'avez habitué à bien mieux, laissez tomber, je vais vous expliquer. J'observe mes camarades qui attendent stoïquement que je leur donne mes explications, mes conclusions, mes hypothèses.

— Quand j'étais dans Chimère avec Circé, j'ai pu l'étudier, m'en imprégner. Cette fille s'est imprimée dans ma tête. En Californie, quand elle était plantée sur la carlingue, sur le pont de sa création, pieds nus j'ai bien reconnu ma ravisseuse. Lorsqu'une femme était assise dans la salle d'interrogatoire, au BEI, cela ne faisait aucun doute, c'était bien Circé. La rousse dans le couloir avant d'entrer dans le bureau des avocats, c'était encore bien elle.

— Où veux-tu en venir ? Que la femme qui a fait un malaise dans le couloir ce n'était pas Circé ? Ridicule.

— Et moi, ma chère Tékla, je ne serais pas aussi fière de mes certitudes, que toi tu peux l'être.

— Pour toi ce serait qui cette fausse Circé. Elle nous, elle me semblait bien réelle, même robe, même stature, même chevelure, les mêmes mimiques, donc Circé.

— Oui elle a raison, comment tu expliques que la Circé se retrouve dans l'infirmerie et à l'hôtel en même temps.

— Ça, tu l'as déjà dit, 3A, la triple buse. Vous m'énervez à la fin à être aussi obtus. Vous faites comment pour ne rien comprendre.

— Moi je sais.

— Tu sais quoi Marie.

— Marraine, j'écoutais votre conversation. Et, vous avez beau dire. Mélissende a raison, c'est Circé. La seule chose qu'il me semble, un tant soit peu logique, c'est l'échange.

C'est alors que Maritie et Doriane se réveillent ensemble.

— La salle des avocats.

— Merci, Doriane, j'avais la même idée. Il y a eu un échange dans la salle des avocats.

— Bien les filles, rappelez-vous, Héléna nous avaient indiqué que Mademoiselle Gwendoline Gillet était une actrice ratée, spécialisée dans la transformation. OK cela vous parle, ça match dans vos cerveaux ?

Je me tourne vers Tékal et Doriane, et demande où sont Rod et Phil. Tékla laisse la magistrate répondre en lui envoyant un regard approbateur.

— Nous les avons envoyées, dès que tu as commencé ton argumentaire, mobiliser toutes nos forces pour localiser les fugitifs.

— Parfait, continuons.

Marie, qui a toujours une oreille attentive, enchaine.

— Si c'était une spécialiste de la transformation, dans cette salle, la seule qui ne possède pas de caméras, à priori, les deux femmes ont échangé, leur identité. La Gwen est devenue Circé, et la rousse, la secrétaire. Simple non ?

— Oui c'est cela, et nous n'avons rien vu. Elles nous ont bernées, je suis fier de ma filleule.

— Vous vous êtes fait enfumer les filles, la BEI, et les flics. Il a fallu que Mélissende, vous fasse une démo d'une heure pour comprendre.

— Quand même, je vais vous faire voir les images de la fausse Circé lorsqu'elle simule ces faiblesses. Héléna envoie les vues!

Les images défilent. Je leur fais remarquer que, jamais Gwendoline, montre son visage. La loi, les procédures m'interdisent de m'occuper d'elle et c'est Maritie qui y va. Par honnêteté, elle établit que la fausse Circé n'était plus ou pas en état de subir un interrogatoire. Qu'il lui fallait être hospitalisée, ou du moins, suivi médicalement. C'est alors que je vois la Baillive rentrer en communication avec les services médicaux du BEI.

— Tu as raison de réagir Tékla. À mon avis il y a des morts à l'infirmerie. Doriane ! Tu sais où se trouve cet hôtel ?

— Oui à l'orée de la vallée de Chevreuse.

— Qui a-t-il entre la vallée de Chevreuse et Paris ?

Voyant qu'elle et les autres semblent perdues par ma question, je décide de poursuivre.

— Laisse, je t'explique. Connaissant l'attachement de l'ordre des Sept pour la symbolique, il est probable que nos fugitifs veuillent nous quitter, s'échapper depuis l'aérodrome de Guyancourt.

— Il est fermé depuis 1989, il me semble. Maintenant ce sont des champs et un centre de recherche automobile y a établi ses quartiers.

Tékla réapparait et elle intervient.

— Vous oubliez Guyancourt, j'ai bien mieux. Juste à côté il y a l'aérodrome de Toussus-Le-Noble. C'est un héliport et une école de pilotage. Il y a eu 2 engins qui se sont posés depuis hier et aujourd'hui.

— Et combien de passagers ?

— Heu ! 4, oui 4, non 3, je vérifie, Mélissende, je vérifie.

— Héléna, tu as des précisions à nous donner, concernant ces arrivées ?

— Un Elelyon 2, au départ du Brésil, piloté par une scientifique du centre de recherche et études de la diversité d'Amazonie de Belém.

— Que vient-elle faire ici. ? Tu peux m'expliquer.

Marie revient nous rejoindre.

— Moi je peux. Il y a une rencontre entre le Centre brésilien et le Muséum d'histoire naturelle. Ils doivent se rencontrer à l'office pour les insectes et leurs environnements.

— Et alors ! Rétorque Doriane.

— La zone d'atterrissage est à 3,3 km de l'office de la rue Louis Blériot à Guyancourt, tout droit à travers champs.

Les échanges commencent à s'enflammer. Je calme le jeu. Et décompose ma théorie.

Il y a eu 2 arrivées. Il faut connaitre les heures d'atterrissage. Il faut aussi s'intéresser au second engin. D'où il provient, le nom des passagers. Et rapidement il nous faut savoir s'il y a eu des départs jusqu'à maintenant.

Je mets à contribution Héléna et Double M., puis je me tourne vers Tékla et Doriane.

— Il serait bon de prévenir le commandement de l'armée de l'air. Nous avons besoin d'une couverture aérienne. Personne ne doit sortir de l'espace aérien français sans votre accord, quand on connait les moyens que sont capables de mobiliser les Sept.

— Mélissende, d'après les plans de vol, dans l'Elelyon 2 la seule passagère est Madame Do-Vale Lavinia. Départ de Bellème au Brésil, arrivée aujourd'hui en France à 10 h 37.

— Si tu as des images, je suis preneuse, en attendant continue.

— L'autre hélicoptère provient de l'aéroport international de Francfort-sur-le-Main dans un H160 II. Il a atterri hier soir 19 h 17. Le livre de bord indique qu'il s'agit bien de l'avocat et de la secrétaire.

Les images nous arrivent par 2 sources, Double M et Héléna. J'ai demandé de passer les vidéos en même temps. Maritie, Doriane et Tékla pour celles de Double M, Marie et le commissaire pour celles d'Héléna. En un peu moins de 300 secondes les images étaient visionnées. Moi, j'ai fait comme d'habitude j'ai regardé les 2.

— Alors les filles, qu'avez-vous vu ? Doriane prend la parole.

— Rien de particulier. Le Pasteur et Gwendoline sont sortis de l'appareil qui est reparti aussitôt. Ils se sont soumis aux formalités courantes. Rien de choquant ? Un taxibul autonome attendait leur arrivée, son GPS indique qu'ils sont descendus au Manoir sans autres arrêts.

— Mélissende !

— Oui Double M.

— La fille, Gwen, c'est bien la fille que vous avez vue avant l'entrée dans le bureau des avocats au BEI.

— Merci pour la précision. Mais ça, je le savais.

— Vous Marie et 3A qu'avez-vous vu ?

— La femme, plutôt la fille, car elle semble jeune, qui est sortie de l'hélicoptère, est une excentrique, elle est un peu bizarre. Elle aussi a pris un Taxibul pour se rendre directement à l'Office.

— J'ai vu ces cheveux violets avec des mèches orange. Elle a des couettes longues qu'elle porte à 02 h 10. J'ai remarqué, sa jupe écossaise à motifs rouges sur fond bleu. Son excentricité va jusqu'aux bas tenus par un porte-jarretelle extravagant. Enveloppant la jambe gauche, le bas de couleur orange électrique est troué. Le droit est de couleur violette glaciale truffée de déchirures. Ses pieds sont dans des escarpins rouges avec des clous, à aiguilles à semelle compensée, de chez New Rocks. Cette fille est un cas. Héléna, as-tu des renseignements sur cette chercheuse ?

— Au Brésil, elle travaille pour le centre de recherche en entomologie de la Fondation Kelly, fondation insondable comme la vie de cette fille. Je n'ai rien d'autre.

— À deux, vous n'avez rien sur elle. Il n'y a aucune publication ? C'est quoi sa spécialité ? Oh ! Les synthétiques, creuser un peu, grattez.

Alors que je faisais ma petite crise, Doriane s'était écartée pour s'enquérir de l'état de santé de Circé. Sa conversation est très courte et son visage s'est soudainement assombri.

— Les gardiens médicaux et tous les membres du personnel de l'infirmerie sont morts soit 12 hommes et femmes qui venaient simplement honnêtement travailler. Il y a l'infirmier pénitencier en chef, 2 gardiens et les 4 policiers que j'avais spécialement affectés.

— Plus 19 morts à cela s'ajoutent, les 2 anges gardiens de l'hôtel. Total de votre incompétence, 21 morts, belle journée !

Doriane et Tékla sont en conservations avec leurs équipes. Elles se sont écartées, pour ne pas voir de trop près mon regard inquisiteur et ressentir mon énervement.

— Héléna et Double M, je veux, maintenant, les vidéos, toutes les vidéos. Celles de l'infirmerie, des rues autour, celles autour de cette gargote. Je veux savoir, où se trouvent l'H160 et l'Elelyon de l'excentrique.

— On y travaille.

— Non, je les veux maintenant, pas dans 3 heures, ou 10 minutes ; nyne !

Tékla revient avec une mine satisfaite. Je la regarde avec mon regard glacial teinté d'impatience.

— Mes équipes ont découvert qu'un couple avait réservé plusieurs maisons dans la petite ville de Toussus-le-Noble.

— Tu me dis quoi Tékla. Un couple, le même couple, un couple de composition différente. Explique-toi, sois précise.

— Je n'ai pas assez de détail. Mais ce que je sais c'est que ce sont un homme et une femme qui ont loué, depuis hier, 3 jours et 2 nuits. Il y a 3 maisons de louées sous le même principe et par un couple.

— Tu as des noms ? Une description des vidéos.

— Je suis désolée, c'est trop court.

— Moi j'ai.

— Tiens donc, Double M !

— Ce sont un homme et une femme, et, d'après mes comparaisons, pour l'homme, aucun doute, c'est le Pasteur, pour la femme, c'est soit Circé, soit Gwendoline.

— Moi je sais, c'est bien Gwen qui est avec le pasteur. Circé était avec nous à ce moment-là. Permettez-moi de vous demander de réfléchir un peu.

Les vidéos arrivent. Elles confirment mon affirmation, c'est bien l'Avocat et sa secrétaire qui ont loué les maisons. Il est 17 h 32, ce qui choque, c'est qu'ils ne les ont pas encore occupées. Où sont-ils passés. Comment se fait-il que ces 3 personnages passent aussi inaperçus. À un moment ou à un autre, ils auraient dû croiser une caméra. Je suis agacée et personne ne m'aide.

Je me dirige vers le barman, un vieux synthétique, tellement ancien que je crois voir Euphonia, l'automate parlant du XIVe siècle.

— Doriane, peux-tu me donner la densité de caméras dans cette petite ville et en particulier dans le quartier qu'ils auraient utilisé pour rechercher leurs maisons.

C'est encore Double M qui intervient pour m'annoncer que dans cette ville, et particulièrement dans ce quartier, la densité est faible. Les seules caméras sont celles autour de la Mairie et de points stratégiques. Le déploiement est en cours, mais pas totalement achevé.

Je m'écarte, je vais dans le jardin du manoir pour réfléchir. Et quand je réfléchis, parfois je le fais à voix basse. Comment ont-ils procédé pour échapper à notre vigilance. Sept est un joueur de GO, il anticipe, il prépare. C'est bien la marque de cette affaire. Tout est calculé. Leur venue pour représenter Circé, la mascarade de la substitution dans le bureau des avocats même s'il y en a de moins en moins. Il y a l'auberge, l'assassinat des policiers et du personnel de l'infirmerie, les fausses locations puis la disparition du pasteur et de Gwen. Reprends-toi ma Mélissende. Les faits, rien que les faits, il te faut dérouler la pelote. Il y a un sens à tout cela, une ligne, un vecteur. Tu répètes à tout le monde, qu'il faut rechercher, en 1, la cible, en 2 le mobile, en 3 le mode opératoire puis, et seulement en dernier l'instigateur. Ma belle si tu fais tout à l'envers, tu n'y arriveras pas, alors bouge-toi. Je reprends le cours de ma réflexion. Où est la cible, c'est qui cette cible. Étrangement, dans le cas qui nous occupe ce n'est pas moi. Oui c'est évident c'est Circé. Le mobile, c'est la libération, l'exfiltration de Circé. Le mode opératoire, à l'origine, il fallait que le pasteur évalue la situation.

Le coup de génie, c'est d'utiliser la loi et les avantages qu'offre le droit européen en matière pénale pour opérer la substitution entre Gwen et Circé. Les morts sont les conséquences du modus opérandi. Je m'interroge sur l'utilité des maisons.

— Mélissende, les autorités ne sont pas encore informées. J'ai une piste pour les maisons.

— Je suis tout ouïe, Double M.

— Les enfants de la maison du 22 rue Lucien Coupet n'ont plus de nouvelles de leurs parents. Ils essaient de les joindre sans succès depuis 2 jours.

— 3A envoie une équipe au 22 rue Coupet.

Je vois Doriane et Tékla totalement paniquée. Chacune de leur côté à donner des ordres. Je regarde ce spectacle avec de la distance. Je devine ce qu'il se passe. 2 ou 3 membres des Sept se sont enfuis, mais ils ont été repérés, d'où cet affolement.

— Héléna tu as des infos ?

— Oui, le H160 a été volé par un couple, non identifié. D'après les premières images, ce seraient le Pasteur avec Ciré ou Gwen. L'armée de l'air les a pris en chasse.

— 3A, tu en es où avec le 22 rue Coupet ? Même si je me doute de ce que tu vas y trouver.

Tékla ayant fini de donner des ordres à tout-va, elle me regarde en m'interrogeant sur ce qui me permet d'avoir autant de certitudes. Elle me demande de lui dire ce que va trouver 3A dans cette maison.

J'affirme, devant Marie qui est toujours sur le réseau, Doriane qui est aussi suspicieuse, Tékla qui ne cesse d'être interrogative et 3A, pour une fois, est très attentif, j'affirme donc, que dans la maison il n'y a personne. Mais que l'habitation recèle beaucoup de fructueux indices.

— Eh la maline, tu peux nous dire quels genres d'indice ?

— Doriane, femme de peu de foi en moi. Je ne vais rien dire.

J'emprunte la feuille tablette de Marie, y inscrit mes conclusions et la redonne à sa propriétaire. Juste après le commissaire répond à l'appel de son officier qui se trouve dans la maison. L'inspection se fait en direct. L'équipage est équipé de 3 caméras embarquées. Les images nous arrivent immédiatement, elles sont diffusées et modélisées en holoskliros. Ma première remarque est de constater qu'il n'y a pas de mort. La cuisine et la salle de bains sont les seuls lieux qui ont été utilisés. Les armoires, la bouche, le lavabo et l'évier ont été examinés avec attention et scannés par toutes sortes de détecteurs. Sur la table de la cuisine et une chaise de la salle de bains, une mallette, de type vanity sont restées.

Elles sont posées simplement, sans autres soins. Pour l'une d'elles, celle de la salle d'eau, la fermeture de droite est restée ouverte. Les équipes du commissaire prennent avec soin du vanity à moitié ouvert et le mettent à côté de l'autre. Doucement, avec délicatesse et méfiance, les cases sont ouvertes. Du maquillage, des perruques et plusieurs masques en latex dermaphorm, ou encore dénommé électrophorm, de dernière génération forment le contenu de ces mystérieuses boites de transport. Les dermaphorms sont des latex qui sont constitués de nanoparticules sensibles à l'imprégnation. Ces latex sont électrostimulés par une image en 3D et ainsi prennent la forme du visage voulu. Avantage, c'est la rapidité de mise en œuvre du masque, mais leur inconvénient c'est une durée de vie courte, de l'ordre de 4 heures suivant l'hydrométrie du porteur. Avec un peu de méthode, les techniciens trouvent dans une autre pièce de la maison une tête de mannequin solidaire d'un épais socle carré noir. À y regarder de plus près, des traces de latex sont encore accrochées sur le support. Je veux un échantillon de ce latex, ai-je rapidement ordonné.

3A confirme ma demande à ses hommes.

Subitement une des officières sur place donne l'alerte et pointe son arme vers l'extérieur.

— Que se passe-t-il ? Interroge le commissaire.

La jeune femme, un peu paniquée, répond avec affolement.

— Là ! Monsieur ! Un drone qui rentre dans le couloir de la maison. Je fais quoi, Monsieur ?

— Que disent vos lunettes connectées. C'est hostile ou pas ?

J'observe la scène avec étonnement, je déduis immédiatement que c'est une farce de Double m Et avant que l'engin ne soit la cible de plusieurs tirs, j'interviens.

— Baissez vos armes. C'est un de mon équipe. C'est Double M qui s'amuse. Oh ! Tu sais qu'il est dangereux de jouer avec les humains ?

— Bonjour chers représentants de l'ordre national. Vous me seriez très obligés de quitter la maison afin que j'officie.

— Double M te voila bien policé. Que nous vaut ta venue ?

— C'est une de mes dernières trouvailles et perfectionnements. J'ai transformé un ancien jouet d'un de mes grands-pères, une soucoupe volante. Je l'ai équipé de plusieurs caméras, de type thermomètre, de type arc-en-ciel, d'un capteur renifleur et d'un capteur diapason.

— Il parle quelle langue ton Double M, Mélissende ?

— Oui Doriane je sais, il faut que je traduise pour toi et pour les autres. Il y a une caméra thermique, un filtre qui scanne tout le spectre de couleur de l'arc-en-ciel, un capteur d'odeur et un capteur de sons et vibrations, le tout connecté en 7G.

La soucoupe passe en revue toutes les pièces de la maison du 22. Double M nous fait un petit rapport et un résumé visio. Les images défilent sur le mur du café, Double M commente.

— Tu parles pour que tout le monde comprenne.

— Tu es une connaisseuse Mélissende. Tu as apprécié ma blague. OK ! Je commence. La scène a été très troublée par les agents.

— Tu commences. Car si c'est pour faire des généralités, tu rentres, viens-en aux faits.

— Il y avait 4 humains avant l'arrivée des policiers ; 2 ont eu très chaud, les 2 autres avaient froid, ce que j'interprète en peur. Non je me trompe, il y avait une personne de plus qui est restée très peu de temps.

— Comment cela. Tu n'as pas d'autre détail.

— Non, enfin si !

— Merde, Double M, venons-en au fait !

— Il y a encore une ou plusieurs présences.

— Que veux-tu dire ?

— Il y a de la vie…en sous-sol.

Immédiatement le commissaire ordonne que des policiers aillent voir en sous-sol. Le binôme bouge.

— Non ! C'est dangereux. Je déclame avec force et puissance, cela n'a aucune incidence, une jeune officière fougueuse ouvre la porte de la cave.

— Trop tard.

— Comment ça Double M, je demande avec un certain empressement.

C'est alors que j'entends un bruit, un vrombissement sourd, de plus en plus puissant, de plus en plus fort et persistant. Je comprends que le pasteur et Circé ou Gwen ont piégé la maison. Le sous-sol est investi d'insectes.

— Mélissende ce sont des frelons, de gros frelons, des frelons géants, ils sont énormes.

Les premières bêtes s'introduisent dans le couloir puis dans la cuisine et commencent à piquer mortellement les premiers policiers. Dans la panique, la porte de l'enfer est restée ouverte. La vue de ces hommes et femmes courant dans tous les sens pour échapper aux dards des hyménoptères nous offre une vision d'horreur. Il n'aura fallu à ces gros insectes que 63 secondes pour tuer 6 techniciens de la police scientifique et 8 représentants de la force publique. Même le drone a subi les attaques énergiques de ces bêtes.

—Double M, ta soucoupe, tu peux lui ordonner d'aller vers la porte de la cave.

Le drone pivote et va vers la porte.

— Regardez, sur le plancher, juste au coin, vers le montant de droite, au sol. Il me faut un agrandissement, Double M.

Et là Maritie se réveille, puis, après une grande respiration.

— Mais, elles sont mortes. Elles ne bougent plus.

— Oui Maritie, nous voilà face au même constat qu'à Athène. Ici, il semble que ce soient des frelons géants, alors que dans l'amphithéâtre c'étaient des guêpes. Ce sont des procédés identiques, on reconnait la patte de l'ordre des Sept. Vous constaterez que dans peu de temps, ces bestioles seront toutes mortes. Oh la soucoupe ! Je veux un échantillon de ces grosses bébêtes, Double M, tu fais le nécessaire ?

— Marie, tu peux lire ce que j'ai écrit ?

Marie s'emploie consciencieusement à lire mes notes.

— Il est noté rapidement, je dicte : personne dans la maison, objets insolites, probablement déguisement, maison piégée. Elle continue avec ces mots : hélicoptère avec les proprios de la maison, l'avocat, Gwen et Circé loin.

— Alors les béotiens, profanes, ignares, rustres, vous êtes convaincus ?

— Tu adores quand tu gagnes. C'est vrai, tu es forte.

— Il y a au moins une qui le reconnait. Merci Maritie.

— Je pavane, mais personne ne réagit quand je dis que dans l'hélicoptère il y a les propriétaires de la maison et non les autres.

Je vois immédiatement Tékla, Doriane et 3A s'affairer auprès de leurs subordonnés en leur donnant des ordres.

— Mélissende !

— Oui Héléna !

— L'hélicoptère s'est écrasé non loin d'Orléans, dans les prairies de la Beauce. Les drones des pompiers, des premiers secours, de la Direction régionale de l'aviation civile sont sur place, les gendarmes sont en route. Aux premières constatations, il n'y aurait pas de survivants.

— Tu as des images du crash ?

— Oui les voici.

La carcasse de l'engin fumant se présente à nous. Immédiatement la situation me semble anormale, bizarre, surprenante, paradoxale. Je demande s'il y a des images des passagers.

Le drone des premiers secours s'était rapproché et les images nous arrivent. Ce qui reste des 2 occupants est étrange, vraiment insolite. Ce qui ressemble à un homme ou le reste de cet homme n'est pas conventionnel. Ses mains enserrent le cyclique et le collectif des commandes de l'appareil. Ce qui ressemble à une femme assise à côté du pilote tient fermement les accoudoirs.

Les images montrent, cependant, des similitudes communes aux 2 personnages, ils ont la bouche grande ouverte comme pour crier, ils semblent tétanisés, c'est mis en évidence par leur tête crispée et tendue vers l'arrière et leur torse ainsi mis en tension vers l'avant. Pour procurer une réaction aussi caractéristique, c'est que ces pauvres gens ont été piégés, attachés et brulés vifs.

— Je vous parie une carafe de Nuit d'Été que ce sont les propriétaires de la maison. L'engin a été guidé de l'extérieur. Il me faut les boites noires. Les radars de l'aviation civile ont pu le suivre. Il y a une trace de leur parcours. Il me faut ça maintenant et pas quand les poules auront des dents et sauront voler. Circé nous échappe encore, ce n'est pas possible.

— Mélissende, l'aviation civile n'a rien. Ils ne sont pas équipés pour suivre et surtout enregistrer les déplacements d'un hélicoptère civil tant que son plan de vol indique qu'il reste sur le territoire.

— Donc on n'a rien ! Héléna.

— Moi j'ai.

— Alors, vas-y Double M !

— J'ai récupéré un flux d'un amateur de la région qui suit tous les vols de son secteur. Il fait remarquer qu'un hélico, s'est posé dans une grande prairie à côté d'un grand étang en forme de cœur.

— C'est où, ce coin, cette région ?

— L'amateur habite entre Saint-Hilarion et Émancé, c'est l'intendant du Château de Montlieu qui est désormais une résidence hôtelière de luxe. Il mentionne cet atterrissage sur la prairie et l'étang du domaine du Château. Il souligne que cet évènement a créé des troubles et l'affolement sur les animaux et que l'étang présentait de nombreux poissons sur le ventre.

— Tu peux rentrer en communication avec lui, Double M ?

— Oui bien sûr. Alors, mets-nous en contact.

La visio est établie. Je fais vite les présentations et j'entame la discussion. Je lui demande s'il a entendu un bruit ou un son étrange, des vibrations dans l'air qui ne sont pas courantes.

Les réponses confortent mes soupçons. Je me tourne vers le barman qui grince de partout et lui demande si lui aussi a subi des perturbations suite à un évènement étrange, non habituel. Il m'affirma que par 2 fois des mouvements d'air et un son sourd avaient créé des surchauffes de certains de ses systèmes. Il n'a rien signalé, car tout est très vite redevenu normal. Je me tourne vers mes comparses, et je souris, je sentais mes yeux pétiller.

— Je sais comment ils ont procédé pour nous échapper, et vous ?

Mon regard croise ceux des autres. Pauvre constat, du vide, rien que du vide, de la désolation. Cependant, au bout d'un temps, une bouche se mut.

— Oui 3A, tu veux t'exprimer.

— Même si cela semble fou, je pense que Chimère n'est pas détruite.

— Attention le génie. Tu as tort et raison. En fait, c'est une autre Chimère, une copie, le mulet, la doublure, le prototype, je n'en sais rien, ce n'est vraiment pas important, et j'en rien à battre. Le résultat c'est qu'elles ne sont plus là.

— Comment font-elles ?

— C'est simple pourtant. Tout a été dit. Chimère et les passagères sont arrivées en mode furtif, indétectable. Les 2 ou 3 membres des sept sont arrivés à proximité du manoir, là où nous sommes. L'audition, la substitution, l'enlèvement des propriétaires, l'étang, puis la disparition, tout était calculé, prémédité, réfléchi. Les Sept savaient que Circé avait droit à une assistance, ainsi ils en ont profité. Il fallait qu'une tueuse soit présente dans l'infirmerie sans mettre en danger Circé, la substitution entre Gwen et la rousse s'est faite. Le choix de Gwen semble l'hypothèse la plus probable. Il n'aurait jamais pris le risque d'exposer Circé. La perte d'un membre sans importance ne met pas en péril leur organisation.

— Et l'enlèvement des propriétaires, comment expliques-tu cette manœuvre mortelle ?

— Pourquoi cette question, puisque tu sais que j'ai de toute façon la réponse. Franchement !

Je continue. Après avoir récupéré Gwen, Circé et Tyler se sont enfermés dans une maison, une des 3 qu'ils ont louées. Ils ont demandé aux propriétaires de les rejoindre et les ont enlevés pour les mettre dans l'hélicoptère. Les propriétaires ont été mis dans l'engin, pris la destination du Château, puis brulés vifs. L'étang est la seconde cachette pour la Chimère. La première fois chimère s'est posée dans le manoir où nous sommes pour déposer Gwen et le pasteur. Puis les 3 ont repris Chimère d'où ils ont guidé l'hélicoptère, pour aller dans le plan d'eau.

— Comment ont-ils fait pour être en même temps ici et forcé les propriétaires à rentrer dans l'hélicoptère ?

— Ils ont simplement utilisé une vieille technique, l'intimidation. Leurs enfants ont été menacés, d'où l'appel tardif, Maritie.

— Ils sont vraiment diaboliques. Par contre les insectes ?

— Tu poses les bonnes questions, qu'est ce qui t'arrive Maritie ? Cela fait la deuxième fois que des insectes, et particulièrement des hyménoptères, font des morts volontairement. Double M et Héléna, il y a des antécédents d'attaque par ce type d'insectes dans le monde ?

C'est à tour de rôle que les deux IA répondent uniformément.

— Désolé, il n'y a aucune attaque volontaire recensée. Nous cherchons toujours. Je ne peux pas croire qu'il n'y ait rien. Les instigateurs de telles attaques doivent avoir fait des essais, des expérimentations.

— Mélissende, le Grupo Abril mentionne dans un petit article d'une page web en 2042, un incident dans la petite ville désertique de Corrente dans l'état de Piauí au Brésil.

— Que dit cet article Double M ?

— Je l'affiche ; je signale juste, que je ne suis pas seul, Héléna, avec ses algorithmes m'a permis de faire cette recherche rapide.

— Tu écoutes Sophia. Héléna va te télécharger l'article. Tu en prends connaissance.

Je lis l'article. Il mentionne que l'entreprise TALBOT a entrepris des essais sur des insectes. Le cahier indique que ces travaux portent sur le développement des insectes luttant contre les nuisibles de l'agriculture. Les dernières lignes tracent un incident majeur. À l'exception de la directrice du laboratoire, tous les membres, chefs de secteur, ingénieurs, assistants, administratifs, gardiens, sont morts.

— Pas d'autre précision, sur la ou les causes de ce massacre. Qui était la directrice du laboratoire ?

— Mélissende, il n'y a pas d'autre précision. Cependant, le nom de la directrice, nous le connaissons.

— Arrête de me faire languir Héléna. C'est qui cette femme !

— C'est, Alvinia Do-Vale.

Elle ne paie pas de mine cette scientifique, spécialiste des insectes, je ne crois pas au hasard. Un tel personnage en France, invité lors d'un symposium sur les insectes, à proximité du lieu où des hyménoptères attaquent et tuent des agents de la force de l'ordre. Je ne peux pas me ranger dans le camp de la fatalité. Pendant que je parlais à voix haute, je ramassais mes affaires pour me diriger vers la sortie. J'ai subitement fait demi-tour.

— Pensez à me rapporter un morceau de la matière qui est restée sur le mannequin tête et n'oubliez surtout pas ces gros frelons. Avec toutes ces affaires, je vais commencer une collection. Les guêpes de Grèce me feront un début, je vais les épingler dans un cadre et les frelons géants feront un beau complément.

20.

Je retrouve mon fauteuil moelleux, tendre. Je regarde avec bienveillance mes 3 compagnons. Cela faisait longtemps que je n'avais senti l'odeur du neuf dans la passerelle. Tout est blanc, rien n'a changé, c'est rassurant. Je sens perler une larme quand, comme pour m'envelopper, la voix, ma voix, celle que j'ai choisie, que j'ai travaillée, me dit avec tendresse.

— Bonjour, Circé, je suis heureuse de vous revoir.

— Merci Chimère. Moi aussi, je suis heureuse d'être de retour parmi vous.

Les visages de Gwen, Reine et de Tyler s'illuminent.

— Nous sortons de l'espace aérien français. Pendant le voyage, vous avez à disposition des casques virtuels ou une somnolence. Annonce Chimère.

— Pour moi ce sera une petite dose de sommeil. Les évènements de ces derniers jours ont été épuisants. J'ai hâte de retrouver ma piscine ou simplement l'eau du lac pour m'y baigner. Retrouver les miens, les membres de l'ordre et peut-être rencontrer Sept. Rien que d'y songer cela suffit à mon bonheur. Chimère sort du mode furtif en s'approchant de l'ile. Je vois juste là, dessous mes pieds, le lac qui est un véritable miroir, tranquille, paisible, innocent, virginal.

Tyler descend le premier sur le ponton. Il se tourne sur nous deux. Gwen et moi le regardons. Nous savons toutes les deux que nous sommes devenues des héroïnes pour les autres, pour toutes celles et tous ceux qui sont restés sur l'ile.

— Venez toutes les 3, j'ai une surprise pour vous, un dernier spectacle pour fêter le retour de Circé. Je suis certain qu'elle va adorer.

Nous sommes toutes les 3 avec Tyler ainsi que les membres présents sur l'ile assis autour du plateau de l'holoskliros du petit auditorium.

— Oh ! C'est mon hélicoptère resté sur l'aéroport de Toussus le Noble.

— Tyler, où est donc la surprise ?

— Toujours aussi impatiente Circé. Chimère, peux-tu me donner l'heure.

— Oui il est 18 h 59 et 12 secondes.

— Parfait. Merci Chimère, affiche-la s'il te plait. Voyez les autorités autour de l'Elelyon 2. J'ai truffé certains matériaux d'apoptoses.

— C'est quoi ça ?

— Regarde, Gwen, je t'explique, je vous explique dans 4, 3, 2, 1. Surprise !

Je regarde l'hélicoptère exploser et emporter des officiers. Les apoptoses ont déchiqueté l'Elelyon 2. Ces bêtes ont tout réduit en poussière. C'est incroyable.

— Alors c'est quoi, un apoptose.

— Tout d'abord, ma chère Circé, le nom est féminin, c'est une apoptose. J'ai un peu détourné le mot. À l'origine cela désigne le processus physiologique de mort cellulaire programmée. Et moi j'attribue à l'apoptose une autodestruction exécutée par des cellules ou des nanoparticules programmées.

— Je veux ces bestioles dans mon arsenal sur Chimère.

— Circé, Gwen et Tyler m'en ont équipé. Me répond, dans mon oreillette, ma Chimère.

— Je vous invite, Gwen, Circé et Reine de prendre vos quartiers, reposez-vous, j'ai programmé de grands évènements pour vous.

Reine a emboité le pas de Tyler, et Gwen me suit comme un fan à son idole, elle me colle. Après beaucoup d'assistance, et de flagorneries, j'accepte qu'elle reste avec moi.

Elle insiste, pour me préparer mon repas, c'est touchant et presque gênant, cependant j'accepte.

Elle est attendrissante avec son air candide, je lui confie mes envies gastronomiques pour mon diner.

Je t'en prie Circé, viens à table. Voici tes 2 œufs durs de Guillemots sur lit de laitue de mer. Je t'ai servi un verre de vodka. Nous dégustons ensemble notre souper. Je regarde mon héroïne.

Je me revois dans le bureau de Tyler pour lui supplier de l'accompagner en France pour extraire Circé. Je lui avais exposé mon plan, c'est ainsi qu'il accepta ma proposition.

Je vois Circé vaciller.

— Que t'arrive-t-il Circé ?

— Ce n'est rien Gwen un petit mal de tête. Je vais me coucher un moment.

Je me précipite vers elle. Je l'empoigne pour la soutenir. Son bras gauche autour de mon cou et mes épaules. Mon bras droit sous son aisselle droite. Je l'accompagne doucement dans son fauteuil. Je la pose délicatement.

— Je te cherche un verre d'eau.

Je cours, remplis un verre d'eau fraiche et lui présente presque aussitôt.

— Je vais te masser les épaules. Décontracte-toi. Laisse-toi faire. Tu viens de passer des épreuves éprouvantes. Ferme les yeux, Circé, mon héroïne. Ma main gauche sur le haut du crâne, doigts écartés, je masse. Ma main droite plonge le long de ma cuisse droite, délicatement, doucement, imperceptiblement, je sors de son carcan, ma lame. Cette lame, ce dard que tout membre possède. J'ai cette manie de serrer la lame d'acier entre mes dents. Le contact du métal froid, m'excite, me transcende. Je plaque la tête de Circé contre ma poitrine, et je lui masse doucement le visage. Puis quand je sens qu'elle est décontractée, envahie par mes doigts, je desserre mes dents, le couteau descend, tombe. Au vol, ma main droite habilement empoigne le manche. D'un geste sûr, précis, contrôlé, le tranchant découpe la peau, les chairs de son cou, de sa gauche vers la droite. La carotide est sectionnée rapidement, nettement, les jets de sang giclent par pulsions, j'embrasse son front tendrement avec respect.

— Maintenant Circé tu es libérée.

Tyler et reine rentrent dans la chambre, ils sont suivis des nettoyeurs. Reine me prend mon poignard. Tyler me prend dans ses bras. Comme un père, il m'enlace tendrement, affectueusement. Puis, il me tient devant lui à bout de bras en me regardant fixement.

— Va reprendre tes esprits. On se retrouve plus tard.

Je marche lentement vers ma chambre. Je n'ai qu'une envie, qu'une idée prendre un bain sur un fond de musique. Ma porte s'ouvre, c'est mon intérieur, il est rassurant, paisible. Du bout des lèvres, je m'entends dire.

— Chimère tu me manques, mon moi, ma doublure, la mère des Sept.

Une voix m'enveloppe, je connais cette voix, celle créée, construite, fabriquée de toutes pièces par mon héroïne.

— Gwen c'est moi. Je serai toujours auprès de toi. Tu es moi, et je suis toi, nous sommes une et indivisible. Que puis-je pour te satisfaire ?

— Chimère, tu peux me faire couler un bain.

— Il coule déjà. Je t'ai devancée. J'ai sélectionné l'eau à 37,2° comme tu l'aimes, j'y ai ajouté des sels reminéralisants aux extraits d'algues. J'espère que tu vas apprécier le geste, c'est en hommage à Circé, elle qui aimait tant la mer.

— Merci Chimère, j'apprécie, c'est un bel hommage. Qu'as-tu à me proposer comme musique ?

— Je t'ai choisi soit Alan Jackson ou du Kenny Rogers.

— Commence par Lucille puis 2 ou 3 morceaux de ton choix de Kenny, puis envoie Alan et pour ma sortie-de-bain mon morceau préféré.

— Oui Chattahoochee, c'est entendu, je serai synchro.

Je passe un moment de douceur, dans l'eau de mon bain. Tout est parfait. Je sors et Alan Jackson est avec moi.

— Gwen, Tyler et Reine t'attendent dans le laboratoire vert, c'est celui qui se trouve à cet étage, au fond du couloir.

Je me présente devant le laboratoire, la porte s'ouvre et je vois mes compagnons qui discutent face à la table où se trouvent 2 belles boites. Deux magnifiques boites à chapeaux, comme celles qu'utilisaient les élégantes de la fin du XIXe siècle. Reine s'approche de moi et me prend par les épaules et Tyler affiche un grand sourire.

— Devine ce qu'il y a dans celle de gauche. Me dit Tyler en me la désignant.

Je saisis le contenant avec son couvercle. Je la soupèse, je l'estime.

— Je n'en sais rien, Tyler.

— Je vais t'aider, je te donne un indice.

Il sort de sa poche gauche un jeton blanc du jeu de Go. Il m'interroge encore une fois.

— Non, Tyler, le jeton correspond à une de nos signatures...oui ! Pour Mélissende.

Subitement je ressens une énergique et indolore piqûre dans mon coup. Je porte machinalement ma main dans la zone du ressenti, rien juste une petite et imperceptible boursoufflure. Tyler poursuit.

— Et alors, qu'en déduis-tu ?

— Que c'est pour Mélissende, probablement ?

Il me regarde et avec un grand sourire et avec sa main droite, il claque une pièce de papier qui se colle sur le carton. Je me penche et je lis avec bonheur.

— Mélissende D'Avicenne, 1, rue de l'arbre sec - 75001 Paris. Mais que contient cette boite mystérieuse. Quel cadeau pour elle ?

— Ouvre, Gwen, ouvre !

Des 2 mains avec délicatesses teintées d'empressement, je soulève le couvercle rond du carton à chapeau.

Mes yeux suivent la progression et l'ouverture de l'énigme, du mystère. Je découvre ce qui était caché par l'obscurité de la fermeture, petit à petit éclairé par la lumière du laboratoire une chevelure rousse, puis le dessus d'un crâne et enfin, le visage paisible presque heureux de Circé.

— Tyler, quel bel hommage et quelle belle attention d'avoir posé sa tête sur un lit d'algues brunes et vertes. Celles qu'elle aimait le plus.

Je me tourne vers Reine qui est debout depuis longtemps à côté de Tyler.

— La seconde boite, le second carton, il est pour qui ?

Reine tourne le carton d'un demi-tour vers moi. Une étiquette y est aussi collée.

— Tiens, c'est la même adresse. C'est pour notre copine Mélissende. Et il y a quoi à l'intérieur.

— Ouvre Gwen, ouvre.

Encore une fois je découvre, avec comme ami la lumière du laboratoire, le mystérieux objet à l'intérieur. Et la surprise, rien.

— Il n'y a rien dans celle-ci.

— Pour le moment, il n'y a rien.

— Je vois bien qu'il n'y a...rien !

Ma voix se fait plus difficile. Je me sens toute molle. Je regarde avec compréhension mes 2 compagnons d'armes. Dans un dernier effort, je glisse ces derniers mots.

— N'oubliez pas de mettre un jeton de Go noir avec ma tête dans la boite.

<u>Moi</u> : Mon verre est vide, c'est la dernière page ; il reste d'autres livres et tant de bouteilles.